# 鬱的告白

陰翳茶室 著

# 目錄

# 推薦序一

香港大學中文學院助理教授　魏艷

認識觀井、愁月時，正值他們在嶺南大學中文系的青蔥歲月，印象中兩人平時勤學好問，思想獨立，學術興趣偏向古典。今年暑期，欣喜地收到兩人的這本現代文學的創作文集，感慨兩人這幾年除了靜心於學術研究之餘，也一直在為香港文學默默耕耘。

文集的標題為「鬱的告白」，不難聯想到魯迅的名篇〈影的告白〉。一路讀下來，這本文集也頗有《野草》中文體雜糅的味道，有散文，有詩歌，還有小說。有日常感官的勾勒，有俠情風骨，也有婚姻之道的領悟。〈開墾〉、〈眾女嫉余之蛾眉兮〉、〈離魂〉、〈同學少年誰不賤〉、〈作者已死〉、〈讀者已死〉……這些信手拈來的與中國文學及文學理論巧妙的互文，置於香港的語境中，讓人讀罷不覺莞爾，倍感親切。

文集充滿著煙火氣，經常是從衣食住行的尋常小事中突然反轉到它們B面的荒誕感。「陰翳」作為整部作品的底色，雖是症狀，是告白，是時代的記錄，但也含有了兩位不甘於沉淪、自覺做「飢餓的藝術家」的清醒與堅持。

希望大家也喜歡這本文集所帶來的微微螢光。

二〇二二年八月

# 推薦序二

日本東京大學綜合文化研究科（地域文化研究）副教授　張政遠

研究日本哲學的我，曾在香港中文大學日本研究學系教授日本文學這門課。哲學與文學看似格格不入，但我想哲學從來就借用了不少修辭，文學亦隱含了種種思想——哲學不離文學，文學亦不離哲學。在日本這個多災多難的島國，哲學與文學的根本思想，就是關於如何準備死亡。古今日本文學作品不一定以「文以載道」的方式來說教，而是大談有關「生老病死」的美學。

「陰翳茶室」讓我聯想到日本文學家谷崎潤一郎的經典散文——〈陰翳禮贊〉，現引用一節如下：

> 京都有間有名的料理屋叫「草鞋屋」，直至最近，這店家以不在客房裡裝電燈，因使用深具古風的燭臺而遠近馳名。今年春天，睽違多時後再去一看，曾幾何時已使用起行燈式電燈來了。一打聽何時做此改變，得到的答案是去年開始。店家反應，由於許多客人抱怨蠟燭的燭火太暗，不得已只好改弦易轍，但如果客人覺得以前的作風比較合口味，會拿燭臺過來。說來，我是特地為了尋此樂趣而來，因此要求更換成燭臺。當下，我感到，日本漆器的美，只有置身於朦朧的微光中，始得以發揮得淋漓盡致。「草鞋屋」的和室為約四張

半榻榻米大的茶席，小巧玲瓏；由於壁龕的柱子與天花板等都黑黝黝的，因此即使使用行燈式電燈，不管怎說都會覺得暗。然而，如果改用更加暗些的燭臺，則在燭火搖曳閃爍的光影下凝視托盤、碗，將會發現這些漆器原本如同沼澤般深沉厚重的色澤，將散發出前所未有的魅力。因而可以理解到，我們的祖先發現漆這種塗料，並且之所以對塗漆器物的光澤情有獨鍾，並非偶然。[1]

嚴格來說，「草鞋屋」的和室不是茶室，但四張半榻榻米被視為理想的茶席。一張榻榻米大約是一百九十厘米乘九十厘米，四張半榻榻米（大約七十多尺）比「納米樓」的單位還要小，但卻是一個「另類」空間——它本來是為了適合三位客人來喫茶，但一個人在這個空間獨自沉思亦未嘗不可。

我猜想，本書誕生之地並不是在茶室，而是在自另一個陰翳之處——病房。如果是個人病房的話，大小也許和茶室差不多吧。關燈之後，當然沒有「草鞋屋」的風情和塗漆器物的光澤；但在一片暗黑之中，儀器發出的燈光可以是那麼刺眼，偶然傳來呻吟或叫嚷可以是那麼的令人反感。

然而，寂靜的「無」太沉重了——「陰翳茶室」也好，「陰翳病房」也好，它讓人們聯想到死亡，亦令自我悟出真理。柏拉圖以大陽比喻真理，但他不懂文學的真理就在陰翳。

1 谷崎潤一郎著，李尚霖譯：《陰翳禮讚》（臺北：臉譜出版，2022 年），頁 30-31。

# 推薦序三

有說每個人都擁有十六個人格特質：直覺、感受、理性、感知、判斷、思考……我們運用這些特質的形式就好像一間擁有十六間房間的大房子，我們大概只習慣待在其中幾個房間，覺得最舒服和自在。喜歡待在不同房間的人長期下發展成擁有不同的思考維度的人——。我和茶室的愁月，大概在光譜的兩邊。

我總是自然的把內在積累直接地表達在繪畫創作裡。或許是內在型人格的特質，直接跳過用言語的解讀過程，用圖像、色塊表達直覺連結最令我感到自在。愁月的思考正好相反。他把直接感受二次轉化為文字，像佈景師一樣用文字設下奇幻的場景，讓人完全想像不到作品原來啟發自如此現實的場景。

正是兩個人運用直覺連結的方法竟然如此不同，文與圖的合作才如此有趣。我們第一次合作在二〇二二年一月，愁月邀請我為故事〈禮物〉配上視覺面孔。愁月稱這為「靈與身的調適」。

第二次是反過來，愁月選了在我個人畫展展出的「島與海」，以海浪和漩渦的動態出發，創作出故事〈冰之精靈〉。感謝愁月提出這個混合理性和感知的合作計畫，歡迎閱讀文字的各位來感受文字的可能性。期待下次文與畫混合創作。

Running Eggyolk

二〇二二年八月

# 自序一

陰翳茶室最初怎麼成立呢？簡單來說，就是痛苦的人走在一起，理念相近，同樣想寫點文字。為了釋放負能量，排解痛苦？說實在，在個人來說，超過兩年的寫作歷程並沒有療解了甚麼痛苦，反而更覺得人生就是苦海，與其妄想滴下一兩滴糖漿它就會變甜，倒不如想辦法將它化淡再喝下。大約在二〇一八年中，我意外被診斷出患上一個相當嚴重的遺傳性心臟病，直到二〇二〇年中接受一次大手術完全將它根治前，頻繁進出不同醫院，進行大大小小的檢查。加上工作，兩年間使我的肉體與精神被拋入人生低谷。二〇二〇年中仍是疫情嚴重之時，機緣巧合下，與同樣患有心臟病的愁月吃飯，聊著聊著，我們就決定設立一個名為「陰翳茶室」的 Instagram 專頁，於二〇二〇年六月發第一篇小說，並輪流寫作至今。

「痛苦」是《鬱的告白》其中一個重要主題。痛苦也驅使我渴望寫一些關於人生、人性、生命中較灰暗、陰森、抑鬱、孤獨的面相。在陰翳茶室成立後約兩個月我便接受手術，真正康復。但我終究發現身體的痊癒不代表精神救贖。身體變好，但世界並沒有。甚至身體的康復使我不被肉體的痛苦阻礙，有更多時間思考，但凡思考就痛苦，不思考又不甘心，於是痛苦便充盈內心，成為執筆的一大主題。比起矯情地「釋放負能量」或憤怒地「揭露黑暗」，我更渴望正視生命中最黑暗的部分，並非在黑暗中找到光明，也不是企圖在深淵中抓住一條救命繩，或者在絕望、抑鬱和孤獨中找到陰暗的美，說一句「儘管黑暗，但仍有光明。」而是視這些絕望、陰鬱和痛苦就是美的存在、美的本身。

那不是「黑暗是光明」或「醜陋是美麗」的反諷修辭，而是黑暗仍是黑暗，醜陋仍然醜陋，但黑暗和醜陋實在美。正如〈黑白〉寫道：「黑畫紙才能畫宇宙、銀河和星星。你那早被人弄髒的白紙，連棵花也不能畫。」

我們都放大生命中的黑暗，但只要細閱本書，應能發現我們的美學觀並不完全一致。有時候生命中的痛苦與黑暗並非那麼實在，正如幸福一樣，人也未必能抓得住痛苦（一想到連痛苦也抓不住，我又不禁痛苦起來）。於我來說，痛苦是種我極力渴望擺脫的東西，又是我極力沉醉的狀態。因此在一些篇章裡，我總想像自己從一個較抽離的角度觀照人生，有時是為了不讓自己太浸沉在痛苦之中，有時則是想更對痛苦冷眼旁觀。〈肺病〉就代表我這樣一種態度：「聽說啊，以前文人以患肺病為優雅，有時會故意染上，視為一種文人象徵呢……」我有時想像自己是嘲笑痛苦的人，發出「以前是肺病，現在是抑鬱嗎？哈哈。」的冷笑，有時則是那個「痛苦……每日都痛苦……」的人。說到底，我是個無法擺脫痛苦的人。既然痛苦是美，那麼即使有一天我脫離了痛苦，我還是會主動回到痛苦身邊。比起抽象地形容痛苦是美，實際上它可能只是雪糕，通常不會由朝吃到晚，不會星期日吃到星期六，總有停口的時候，但必然有想吃的時候。

走筆至此，我得感謝一位剛在二〇二一年底辭世的摯友。我們都是痛苦的人。在寫這段文字時，另一朋友突然對我說昨天夢見他，夢中的他很精神、很幸福。他或許已經脫離痛苦了。身為朋友，我無法不打從心底感到安慰。較早一陣子，不少朋友都會來安慰我、陪我，他們都擔心我情緒低落，怕我自殺吧？無論一個人的死亡如何激起生存的人的悲傷，死亡的人最終在別的世界脫離痛苦，生存的人的悲傷最終還是回歸平淡——想到這裡，我就不想死了。我還很想痛苦，很想逗留在痛苦之中，因為，只有活下去才能感受痛苦吧？一想到死亡就不能痛苦，我就痛苦起來。我想，寫這本書就是我渴望活下去的憑證吧？

《鬱的告白》是鬱，也是告白。小說畢竟是虛構，但鬱與告白卻真實。

觀井

# 自序二

雖然想寫一句自幼好文，但想來也不甚是。文學雖可虛構，但亦須撰之以誠。想來想去，在作偽虛美與自我揭露之間，我還是選擇後者以作自己文章的總結。然而我實在不是一個有豐富經歷的人，只好借鑑古人吧。很多古人在撰作時，也會講述自己的先世祖德。少時覺得俗套，沒想到現在為自己的著作寫序，還是想花點文墨述及家庭。

我算是從小喜歡閱讀的，大約八歲左右，但絕非詩禮傳家。上一輩的直系親屬，算上父母兩家，能用筆謀稻粱的不過一人，連我父親在內幾近九成是不同崗位的建築業者。這並非怨言，只是在執筆時觸發我思考：是甚麼讓我「從文」？除了好像陳套的故事所言，是那種壓除不掉的天性外，想到最後，其實是亡母的興趣。憶昔孩童之時，母親總會看些小書，甚至為此而哭，後來知道那是瓊瑤著作。拿了幾本看，不甚了了。後來她借上了日本名作《三色貓傳奇》，我也不甚了了。但有關文學的啟蒙，還是在心裡打上了一枚釘子。與我相熟的人皆知，我成年後與母親的關係不甚善，但文學以誠，我這點文學火種，確實是她點燃的。媽媽，謝謝。

說完無意識的內在動機，也說一些明確的個人動機。要算起來的話，我一定是喜靜多於好動，畢竟我是一個重度的先天性心臟病患，至今未癒，還常常被告知惡化了，卻總仍未爆血管，也是一奇。最讓我深刻的醫生的話是：「一般這種病歷只能活到十二、三歲，成長途中不是死了，就是傻了。」結果，我苟全賴活來到中年。古今中外，凡有奇事，於文家言，必自視為天命。現今稱這類人為中二病，不過，大家最愛看的故事，往往也是這種帶有天命色彩的故事。不說日漫，就我不成熟的目光看來，《魔戒》與《哈利波特》不過都是天選之人拯救世界的傳統戲碼。我不像其他作家，他們一般都是自幼喜寫，也得到不同程度的認同，但我的作品，沒有甚麼時間討好老師，我也沒有那麼多東西想寫。但身為愛好文藝的人，我總是在批評「故事」，總在腦中構想更好的表達與情節。沒想到，在一次教書時，講述一些作品的優缺好壞，學生不經意地說了句：「你說就厲害，你有作品嗎？」激起了我寫作的欲望，也感悟了我的一些天命：希望讓學生知道，如有想實現的事，勿自我設限，坐言起行，找方法做。世界不會自然變好，可能也不會因你我而變好，但至少我們嘗試過。

我選擇寫上這種陰沉、壓抑的主題（間之以夢幻、唯美的處理），除了重病之人的心理影響，以及二〇一九年帶來的社會壓力外。更有一大部分，其實是覺得世界上鼓吹「笑面迎人」的正能量想法太多，我不是否定這方面的效果，然而人之所以為人，是因為每人的獨特。我很清楚有些人需要的安慰不是正能量那麼幾句鼓勵、拍拍膊頭，而是那種清楚地講出內心欲望的一剎。畢竟負面的想法，在如今大網絡年代，其實更壓抑起來。天知道說出來之後，會被多少人傳來講去？不如寫幾句熱情開朗的感想，更好「經營」自己。這些觀察啟發了我寫成〈分享轉發〉。現行的教育裡，在思考與實行當中，缺少了一種釋放的渠道。也容易讓人們在制度與人性中，忽略了情感的變數，〈罪之問〉有一部分的構思源於此。而我之文恰好填上這一塊，而又不把他們硬掰去了不適合他們的方向。這也啟發了我們寫作〈不適合〉。也有些作品如：〈烙印〉、〈咖啡〉是靠意象直達讀者的心緒與靈魂，我很喜歡這類作品，但它們就像榴蓮一樣，愛之益愛，厭之唯恐走避不及。另一方面，我熱愛古典文學，因此也把一些名作佳品，稍作變形，成為自己的骨肉，遙作繼承。取材部分於原作而言，或多或少，有顯有隱，這部分就不細作羅列，權為予讀者的小遊戲吧。

我知道我的作品是小眾的玩意，甚至可能是極端小眾的玩意。然而小眾的權利與欲望，也有被注視與關懷的需要。在現世裡，我們很難確實地爭取到甚麼，或許是自我設限吧？我的身體也沒有那麼多精力站上那種舞臺。那不如讓有共鳴的人知道，世界的道路不止一條。我已導夫先路，或許我不成功，但如果不經意影響了人，好像也就滿足一部分的「天命」？也算不枉此生。哈，沒想到吧，最後回歸到這種中二病的發言，但文學家就是這種對於自己世界有執著的人啊。他常「批評」我寫太多愛情，但情就是人，人就是情。文學是人學，最能激發生命能量的，無疑就是一個情字。它可以崇高可貴，也可以卑微低賤，包羅眾相。抽離的主題，自有文味，那就讓他多所發揮吧；而我的撰作，就入世一點也無妨吧？

最後，感恩大學的時光，諸多影響我的文學養份，或師或友，都在那裡。大言無詞，深情無話，驀然回首，發現諸多因緣早種。我不喜直述，序文只能聊作分享，還是看我的作品比較能走進我的世界。謝謝你看到這裡。

愁月

二〇二二年七月十四日

# 樹影的告白

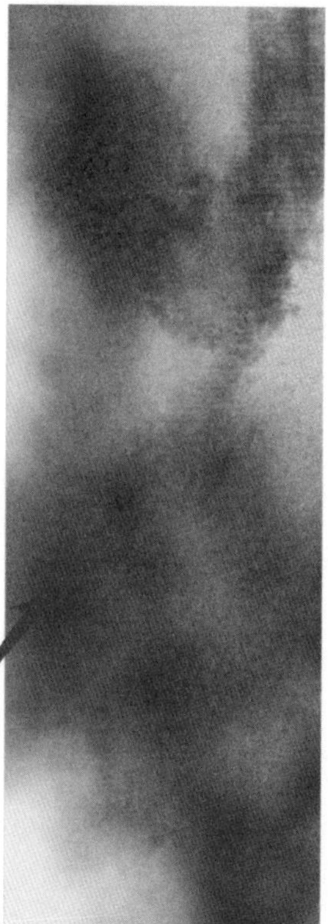

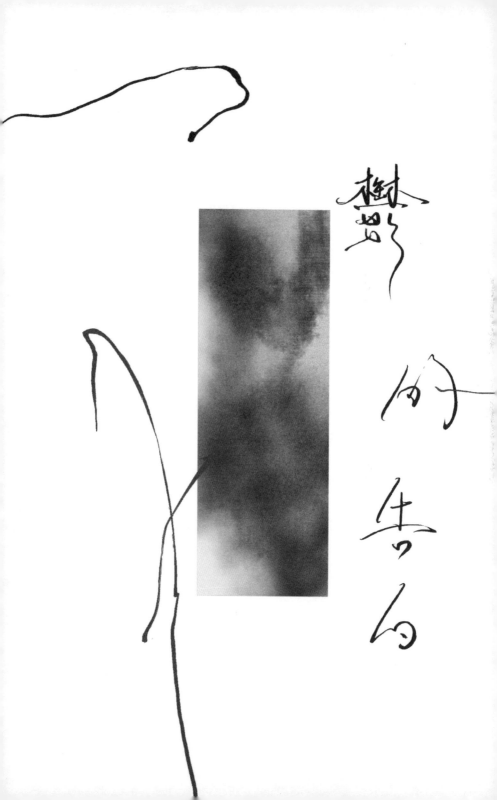

# 早晨

早晨。

當太陽由東邊升起——床鋪的聲音、梳洗的聲音、造飯的聲音、汽車的聲音、趕路的聲音——它們告訴我世界要運轉了。太陽升起意味大自然的獵食開始，但它竟然是新生的象徵？

好痛苦。我終於明白了。

地獄也可以在春風與藍天白雲底下。初春的陽光喚醒了勤勞的飛鳥，飛鳥悅耳的鳴叫也喚醒了眾人。當聽到群雀鳴叫，我內心深處就湧出一股恐懼，使我深深體會到死亡和絕望的逼近。來了。牠們又來了。牠們又來捉我了。拼命地逃跑，跑啊，跑啊，跑啊——但只會徒勞無功，倒不如放棄好了。

既然多次逃跑都被捉住，反而更痛苦，倒不如把體力留著掙扎好了。牠毫不客氣地把我——這條蚯蚓，一口叼在口裡。我祈求牠把我一口咬開時，請不小心將我的上半身掉在泥土裡，然後在夜晚我就可以復原了，就用那一半的身軀生存下去吧。……一天至少有一半是生的，真好啊。

好想快點到夜晚啊……我過了多久呢？雖然等到另一天，等到別的早晨，又有別的鳥的叫聲呼喚我。啊，天黑了嗎？

——早晨。

# 玩偶

「老闆，這裡有沒有像相片中的配件？」

相片拍的是一隻十分美麗的手。白的肌膚，紅的指甲。

「你要的甚麼？整隻手？還是其中一些部件？小子，我們這裡不分售。」

「我是朋友介紹來的，只知這裡手工最好。我……沒甚麼錢……這玩偶是我嘔心瀝血造的。但那手指總不太牢固。昨天還掉過。問到你們這家老字號。我立刻就趕來了。我真的很喜歡她的！」

「好吧。這次破例吧。」老闆被他真誠的眼神打動，把他帶到後臺挑選。

回到家後，青年興高采烈把配件拿出來。對照工作檯上的原件仔細修飾。差不多完成時，他把原件提起來用力在指尖處親了一口。

一聲細微的「啲咚」聲響起，一塊軟骨掉到了地上。

青年恍然大悟，若有所思地說：「原來這些地方也要用膠水。」說完，紅色的指甲也掉了下來。

# 創作

世界上很多人有抑鬱症。

不說別的，在我身邊就有五六個，症狀或大或小。——確切地說，他們是醫學上有抑鬱症的人而已。

我老覺得這種人只是沒有被文藝之神眷顧的可憐蟲，才未能把悲鬱、痛苦、失落、絕望有用地化為藝術，而只能停留在自憐自傷的境地。

有趣的是，他們倒十分喜歡沉溺在我等創製的作品，不斷加深自己的病況。

有時看著他們自以為很了解那些作品的意義，甚至角色的內在，我就覺得特別滑稽。我可是注入了心魂來雕琢作品的，他們聲稱這麼了解我的心血，但居然沒有得到不抑鬱的能力。

究竟你是看得懂，還是看不懂呢？

創製文藝的人不帶點抑鬱，沒點瘋狂，難成大器，但我能掌控它們。抑鬱與瘋狂只是一種選擇，而不應是一種病。

——不，也可以是病。我想。

我看看手錶。嗯。要創作了，又來病發過四小時吧。

# 禮物

臺上演講的那人與臺下數百名觀眾有一共通點，唯一的：坐著。他坐著的原因，也是他來這裡的其中一個原因：雙腿殘疾。

「我曾經——就在各位同學的年紀，自暴自棄。但我後來改變想法：傷殘，也許是上天給我的禮物。……」

然而他與觀眾之間也有一差異：前者眉飛色舞，後者呵欠連連。

學校邀請他來的原因，主要還是他是所謂的成功人士。當然，他的成功在於他名成利就，而不是精神上擺脫傷殘——社會對「成功」的門檻還是很實在的。

「今日很感謝秦先生為我們分享他的心路歷程，相信各位同學聽完後，都可以正面面對困難，學會永不放棄。同學或許對秦先生的經歷很感興趣，未知有沒有同學想發問呢？」老師在臺上說。說起來，她是禮堂內唯一一個站著的人。

我舉了手。很快麥克風傳到我的手上。

「秦先生，你好。」

「同學你好。」他注意到我時，剎那間也露出極為隱蔽的驚訝，然後在下一剎又高深地隱藏起來。

「你的故事真的很勵志。我有一些問題想問你，向你學習。例如，當你以前——就在我們的年紀，自暴自棄的時候，你怎樣捱過、跨過困難呢？謝謝。」

「那時我真的想過放棄。但我後來想到，身邊有很多人支持自己，天無絕人之路，我知道只要學會堅持，將來一定會成功。就像我說的，傷殘對我是一份禮物。」

「那真的太厲害了，你在當時就能預計到現在的成功……可是，難道你不覺得你用的比喻很差嗎？」我疑惑，他身為「成功人士」，怎麼會想出如此失敗的比喻。

「如果傷殘是禮物，那麼可以拒絕接收嗎？如果傷殘是禮物，收到的人可以原封不動，把它丟到垃圾桶，甚至轉贈他人嗎？」我問。

順帶一提，我也是坐著問的。

＊〈禮物〉為與 @runningeggyolk 畫作的藝術合作，原畫可見：

# 分享轉發

我把她點的卡布奇諾冰咖啡和抹茶奶油蛋卷放到面前。

她正跟朋友說起那天的車禍。

「你說的哪個新聞？」

「你沒看我轉發的 Story？」她隨即拿起手機發給朋友。

「昨天那些人還挺慘的，過著過著馬路就被撞死了，好讓人心痛。」她語帶憐憫地說。

「哦，這個這個！嚇死我了。不知道死者家屬怎麼辦？好像有個幾歲的小孩，唉。等我把你的 Story 轉發。」說完，喝了一口茉莉花茶，便在輸入欄上打上幾個帶有淚滴的表情符號。

「你知道昨天那個誰在奧運拿到銅牌嗎？」

「咦？奧運不是結束了嗎？而且，銅牌，誰留意啊。」她把蛋糕送進嘴裡，並用叉子把留在唇上沒吃到的奶油抹進嘴裡。

「哎吔，在說的是殘奧會，啊，不是不是，要叫帕奧會才是。」她的朋友立即喝了一口茶，續道：「拿牌已經很厲害啦。」

「這也真的算厲害呢，等我轉發你的 Story 好了。」隨後，她打上了「期待已久的獎牌，XX人的驕傲。」的字句。

我走過去友善有禮地詢問她們要否添水。她們笑著回覆不必了，還著我為她倆拍照。

我按照她們的要求，拍了我認為大同小異的六張相，她們才把手機要回去，然後再擺出流行的姿勢拍了十來分鐘。

在我把餐盤收走的時候，她們早已把剛剛拍的照片通通上傳到自己的社交帳號，以致每一個Story的時段顯示已壓縮得像微塵一樣短。

# 練習

他向前踏出一步。腳懸空了一會。

撲面而來的冷風，沒有冷靜的效果，反而更讓心臟傳來陣陣溫暖的抽動。

手腳不由自主亂動，像一隻站在熱鍋上的青蛙在瘋狂起舞。可惜，他不是皇后，缺了雙燒紅的鐵鞋。

扭動之際，左手的復古手銬掙脫了皮帶的枷鎖，毫不猶疑地跳出去了。

刺耳的破風聲夾雜些許驚呼傳入耳內。

身體感到一陣溫熱與壓力。

原來，旁邊的人抱著了他。

扭頭一看，也是一身裝備的工作人員。雖然深知甚麼也不做，他也不會直直掉下去，然後死了。但如此誇張的反應，不做甚麼好像也不太對，深怕他為了搶回手銬出甚麼意外。

事實上，他看見手銬飛脫的一刻，反而是出奇地安寧。

工作人員和他說了一番鼓勵的說話，也再次把公司的安全標準復誦一遍，增強他的信心。言猶在耳，而他卻彷彿聽到了手銬終於到底的聲音，且綻出了璀璨的銀白色煙花。

吵鬧聲愈益增大。畢竟後頭有很多人排隊等候。而他，在這裡折騰了三十分鐘之久。

工作人員見怪不怪，畢竟他和大部分人一樣，從來沒有笨豬跳的經驗。

後頭排隊的人的聲音，如他無日無之聽到的蟲鳴叫聲一樣令人煩厭。

為免影響他人，他拜託工作人員，不如幫幫忙，推他一把。

當然，這是不可能的。

終於，再過了十五分鐘，他再次伸出仍在抖震的左腳，幾乎是半跪著的狀態，用雙手扶在跳板邊緣，用力把自己撥出去。

大叫的聲音如一把尖刀快速捅向地面。

懸吊的一剎那，他瞧到遠處已經碎裂的手錶，仍有一大塊錶面完好無缺，指針也沒有一般文學作品所言的「飛脫出來」。他覺得它的粉碎不夠徹底。

後來，他成了這個觀光塔遊戲的常客。當初抱著他的工作人員每隔一段時間就見到他來玩。成為了好友的他們，有時也會開開玩笑：「跳樓成癮了嗎?」或者建議他試試跳降傘，更高、更過癮。這時候，他會微微笑著回答：「這裡都跳到有優惠價了。」

後來，工作人員再沒見過他，想著他最終還是去別的地方玩去了。

是的。

有一天，他在城中最高的商場，毫不猶疑地站上欄杆就跳出去了。

這次，他終於沒再聽到任何多餘的蟲鳴之聲。

他覺得那兩三秒的時間，是他一生中最平靜安寧的時刻。

因為練習得當，他再沒有大叫。不想打擾他人的性格，始終讓他想時刻保持禮貌。

他想像著自己到底的一刻，會綻放出甚麼的花樣。

不過他很快為自己這剎那的想像笑了。

是的。

之後的甚麼，還管他作甚。

# 星星

自從精神病康復後，雖然他還未感受到生活的希望，但至少從生存的絕望裡掙脫。他覺得，在絕望的黑夜，星星才更加閃耀，更加璀璨。

「今晚的星真美。」他的女朋友說。而他仰望著夜空。

「不過，在絕望的黑夜裡看到星星——那等於白天患上飛蚊症吧？」他聽到她說，但沒有回應。

啊。你說得真有道理。他想。

翌日，他用刀把自己的眼珠挖了出來。在他血流披面之後，他發現黑夜沒有星星。

# 哈姆雷特

在往復火車擦過的那一刻間，縱然車窗緊閉，但虎嘯的風聲與轟鳴的車輪聲不知所故仍然傳到耳內，帶給我在漫長旅途的一點興奮。周遭忽而黯淡起來，燈光的微弱漸次取代天色的光華。

「我發現我很怨恨沒有顯赫的家世。」燈火打在他雕塑過的側臉，像一幅油畫。

「這，應該大部分人也是吧？我也怨恨我的父母不是首富……」我狼狽地回應。

「不，不是這種膚淺的理由。那是小時候的想法了。」幽幽的話比起像他說，更像是這條古舊隧道的幽靈傳來。

「又來了，又來了，又在假裝不食人間煙火了。」

「真的不是。以我的能力，要靠自己過上舒適的生活不難。」燈火映照古紅的桌布，反讓人感到他平日缺失的莊嚴。

「嗯哼。」

「我講講喔，嗯，我的意思是，我怨恨的是沒有一個白手興家的祖先，沒有一個敗盡田產的父輩，沒有一個可以讓我繼承的傳統。」

「甚麼意思？為甚麼要有一個敗家的父親呢？」

「你不覺得『重振家聲』這件事很吸引嗎？比起以己之能開宗立業，能夠把一個衰頹至極的東西復活，特別是那種隔斷幾代的，不是更能證明自己嗎？」

「那也不必是自己的祖業，你加入一家有潛力而快將破產的公司也可以吧？」

「這就少了天命的感覺了，唯獨是祖業才能產生那種不可抗拒的命運之感，使我有那種形同窒息的快感。別人家的，有甚麼好救？我……」

刺眼的光芒像遍照大地般重臨車內。當我重新張開眼睛時，他依舊托著腮幫子遙看窗外無聊的景色，彷彿從沒有說過話。

# 茶緣

陰翳茶室是怎樣成立的？

「你病到快死了嗎？」

「是的，但也未必會，所以我好絕望。」

「我隨時隨地會死，我明白。」

「可不可以跟我談戀愛？」

……

「喂！你不覺得我們戀愛後，你寫的文好差、畫的畫好醜。」

「我覺得。」

「我對你很失望。你筆下的東西再沒有那種焦慮與憂鬱，沒有陰翳的破壞力和絕望。」

「我都對自己好失望。」

「那我們結婚吧。我覺得結婚後，我們肯定變回絕望與陰翳。」

於是，我們結婚了。不要以為自己很奇特，其實比你特殊的人還有很多。

……

「你們這茶室開來幹甚麼？不像做生意的。」有人問。

「本想像清代的《聊齋》作者一樣，收集世間過客的有趣故事，吸引人的就免單，也是美事一宗。

後來發現做不了。」

「為甚麼？世間有趣的靈魂愈來愈少了？」

「你這樣說，是對也是錯。因為我發現茶室開張之後，自自然然就吸引了像你這樣的人。」

「哦？我是甚麼樣的人？很有藝術天賦？」

「是個無聊的人。」

茶客臉面變得陰晴不定，轉身離開。

「唯有無聊，才能虛心，才可感受到藝術帶來的感染力和衝擊力。你不無聊，就會被生活貫穿、填滿、霸佔。你會沉醉於吃喝玩樂，何苦回首觀看那真實而痛苦的藝術？」

男人怔在那裡好一陣子，身子微顫。最後重新坐下。

「請再給我一杯京都培茶。」

「何不試試八女煎茶？應該更適合。」

男人默默地點點頭。環視茶室，驀然發現不少人疏疏落落的散坐四周。這是他來時沒有察覺到的事。

「價錢比剛剛的貴哦。」

男人凝視著碧翠嫩玉的茶色，覺得這是他一輩子從沒看見過的好顏色。

# 無謂時光

一陣清淡像溪水滑過舌頭，受太陽蒸騰多時而熱哄哄。在喉嚨時，酸苦便隨波浪翻出，像在海面競技，疊次換位。酸味率先浮現，舌頭煥發出的口水並未有淡化的作用，使得身體作出反吐的自然反應。含在嘴裡像奔湧的急流灌滿水灞，反而益發使酸味在口腔發酵。決堤的海水逐漸沖到胃部後，才發現酸到盡頭便是苦。苦味如雨滴般悄悄掛在喉牆上，即使滑到胃袋仍然有微苦的痕跡，不肯褪去。——在八月之末咖啡館。

「你這樣寫食評，沒有人看的，太長……太複雜了……才寫出喝下一口Americano。重點是，還不知道好不好喝，唉。」

「但我就只會這樣啊。」

她把嘴唇緊緊地咬著。過了會，她拿起咖啡喝起來。燙痛的質感讓她眉頭稍寬，混和著淡淡的血味，一點一點吸啜著。

「就像你也只會拍些沒人看的照片一樣。有多少人留意到你執著於那些疏淡的光與影，那幾近微不足道的角度變化呢。」

說著說著，兩人都把面前的咖啡喝光了。

正打算離開咖啡館時，又有兩杯咖啡送到桌上，上面掛著布穀鳥的拉花。

# 螢

或許她快死了。我想。

每次見到她在遠處向我揮手時，我不得不微笑著，若無其事地想像她死亡的模樣。正因為死亡後是個完全靜止的狀態，我無法不聯想著她死亡——步向靜止的過程。

她總穿著淺色且輕盈的連身裙。雖然我沒有勇氣問她，但我總想，為甚麼不穿深色一點呢？至少，看起來也不怎麼蒼白，在冬天遠看時不至於融在淒迷的雪霧裡。她愛笑。但我不久前才知道，她笑的原因並非為了看起來不似幽靈，而只不過為了不使自己將盡的人生完全以悲哀落幕，所以唯有擠出那笑容。

她終於要坐輪椅。我第一眼看到她坐輪椅時，就在初夏陽光照落淺藍色的紫陽花叢中，她依然揮著她的手，掛著她的笑容。有好幾次我走開的時候，偷偷看著她嘗試站起來，但沒有成功，使勁站起來又跌在輪椅裡，弄得額上滴汗，雙頰發紅，彷彿灑著水滴的初熟蘋果一樣，卻又裝作若無其事。

看著她，我想，她想我帶她去看螢火蟲。

當我想像螢火蟲時，總覺得既然牠們這麼短命，發出的光一定很美。但當我親眼看過後，我才發現牠實在太美，所以不得不短命。

上千隻螢火蟲在林間和石梯上飛舞，金色的柔光像為亡靈引路。我慢慢推著她上石梯，叢林間的螢火蟲沒有被嚇走，有的在我們頭頂飛舞，又包圍著我們。輪椅卻沒有踐到任何一隻螢火蟲。

突然，她身上散發出幾十點金色的光。我不知道螢火蟲的光穿過了她透明的身體，還是螢火蟲撲在她的身上。

我的頸上也纏了隻螢火蟲，我順手一撥，感覺到手指猛力碰到一隻昆蟲，我不自覺地往後退，感覺踩到了些甚麼。我慢慢移開身體，我地往後方地上看，一隻螢火蟲被我踏扁了。

但牠的燈早就熄滅了吧？我想。

我回頭一看。輪椅上沒有一人。

……

當他說要帶我去看螢火蟲時，我無法不因被冒犯而感到驚訝。但他看不出來，因為那時我隱藏了自己的情緒，只擺出笑容。正如我後來趁他不注意時消失一樣，他也完全看不到我，只能在原地發呆，然後發了瘋似的——就像當初我得知要坐輪椅的時候。

迎來坐輪椅的日子。我知道我坐下去後，就再也站不起來。我偷偷試過站起來。伴隨的，還有器官衰竭，漸漸無法進食。樂觀可以對抗病情。周圍的人這麼說。所以我記得要笑，雖然有時忘記。感覺有變好。直到一次嘔吐大作，我將僅有的樂觀都吐了出來。

我接受了現實。

當我想像螢火蟲時，總覺得既然牠們發出的光這麼美，壽命一定很短。——如他和我一起看到螢火蟲時，也這麼說過：「牠們實在太美了，所以不得不短命吧？你認為呢？」然而，我才知道牠們壽命不長，所以不得不發出最璀璨的光。

聽說螢火蟲成蟲最多也可閃耀兩星期。

當他推著我的輪椅，帶我到林間的石梯看螢火蟲時，好像踩到了甚麼，向後退了一步，我回頭看他，他卻看著地上。我趁他不為意，在原地飛起。漆黑的環境隱藏了我透明的翅膀，折射著螢火蟲的光，把我也化為螢火蟲。

蜉蝣成蟲，有廿四小時壽命。

＊〈螢〉曾刊登於《大頭菜》第六十九期

# 矚目的人

我終於能夠成為矚目的人。

當我在長廊的正中間堂堂正正穿過時，眼前左右兩旁刺眼的燈像為我出場而點一樣。那燈固然不是為讓人直視而存在，但當我首次從這個角度經過這些燈時，我還是忍不住去看——就像兩旁安靜地坐著的人，忍不住看我一樣，但不歡呼喝采，那是種嚴肅的注視。

說起來，時裝展中隆重登場的模特兒，也是受注目地穿過天橋，兩邊的燈昇起，觀眾不拍掌。

最後，我停下來，但位置還是在受矚目的，屬於主角的正中間。上方有幾盞聚光燈，那是即將在層層的黑暗唯一照射我，讓我做唯一受矚目的人的道具。

幾個人圍住我，我在中心，他們在外圍。

我說準備好了。他們把我麻醉了。

聽說，在第二天，我又做了矚目的人。

# 吃辣

「咦，我第一次看你吃辣。」這是最近聚會時聽到一位親密的朋友對我說的一句話。

我對這句話感到無比震驚，但努力維持木無面情。情形像被迫赤裸全身示人一樣尷尬，而且這個被迫是毫無預兆，轟然而來。

我立即辯解：「我一直都會吃辣的。」就像被人撞破赤身露體時的自然反應一樣，總會將手遮掩敏感部位吧？

她嘴角牽起弦月：「壽司裡的芥辣不算喔。」繼而笑得花枝亂顫。那笑本是毫無邪念，在我看來卻像個壞人一樣施施然走向無助的赤裸者，輕輕而無情地把遮擋的手扯開。

其實我明白被扯開是合情合理的，內心震撼的時候，那雙遮擋的手實際上早已蒼白無力，只剩塗滿了的虛無。

但我仍然試圖抵抗一下，手不自覺往嘴唇輕輕掃抹幾下，才指向麵旁的辣椒油：「第一次？這一碟辣椒油是我叫侍應拿的。啊，說起來，你才是蹭著我的蘸。你居然反來指控我。」

她笑得更加顛狂了，就像一個很大的氣球被解開了結紮著它的橡皮筋。然後只說了句：「吃不吃辣真的有這麼重要嗎？」

我怔住無法說話，初次體會到舌頭打結的真實感覺。如果不是在如此放不下面子的場合，我想站起來為第一個寫下這句形容的人鼓掌。

我怎麼能問她：「難道你能光明正大裸身示眾嗎？」但這句話太具攻擊性，最終我也沒有說出口，而最重要是，如果她回答「是」的話，我將更加無地自容。結果我只好選擇說謊：「重要，因為你喜歡。」然後淺淺地微笑。

# 清澈的溪流

他一如以往提著木桶，到清澈的溪流打水。

潺潺流水湧入水桶的聲音敲響了靜謐的森林，不遠處的兩隻梅花鹿沒有被嚇倒，繼續低頭飲水。深秋的紅葉將森林染成一套華麗的十二單，清澈的溪流反射著又紅又黃的葉，如烈火擺動般燃燒。

攀山涉水後疲累的他忍不住學梅花鹿一樣低頭淺嚐了一口，冰涼的流水與秋風滲入心脾，他心裡大喊了一聲爽快。當他抬起頭來，溪的對岸站著一個穿藍色和服的年輕女性。他一時覺得心動但又稀奇，山中竟然也有年紀相若的人，想必也是來修行的，但修行時穿著和服很不方便吧？正當他想向她搭話時，她卻先開口了。

「這水真清澈，你滿頭大汗，不把臉浸下去洗嗎？很舒服啊！」她露出一個真摯的笑容。

他的臉突然輕微發熱，不知所措，就把臉浸在清澈的溪流裡。他覺得涼爽，而且水有種清甜，但正當他享受著這兩三秒的爽快，他突然記起師父的教誨，說忍者絕不可放下戒心，於是猛然抬起頭來，動作像一尾巨型的鮭魚躍上水面，濺起水花。聲音之大，附近的飛鳥都受驚而飛走，兩隻梅花鹿都往森林深處奔跑。

他看不到周圍有任何人。他忽然一臉茫然，定住了一會。他臉上的水珠，不知道是汗，還是清澈的溪水。

# 追逐

走過十字路口時，我看到一個拿著蠟燭的人快步走過。

好像有人在追趕著他。

他用著稍微趕急的碎步走。沒發出任何聲音。

我縱身一望，來路漆黑，看不到任何光景。但感覺上沒有人的氣息。

由於他打扮怪異——披上斗篷，全身漆黑，戴著面具和手套，煞有其事地護著燭光行走。我不禁生起興趣，跟著他，追問他，到底在做的甚麼。

我本來以為自己走幾步就能追上，卻發現怎樣也再趕不到他的面前。眼中只有他揚起斗篷的身姿和那永遠放在左側護著的燭光。

不知走了多久，我想知道後面是不是真的有人追趕著他。

回頭一望，一片漆黑。

望向前方，斗篷男已經不知消失於何方。

而我的左手不知道何時拿著燭光，在急步中護著行進。

斗篷與面罩看著是挺帥的，沒想到穿戴起來很麻煩呢。

## 著迷一刻

「我忽然感悟到，我們並不適合」，她說，輕輕的，眼睛盯著那刺人而俗氣的水晶大吊燈。話音不大，但清晰。穿著禮服的我與客人的酒杯在空氣中凝結。彷彿抗議我們沒有給予反應，她把婚紗撕爛成連身裙，優雅地步出酒店大堂。一眼也沒有回頭看我。

那斜斜的、不規則的裙襬不得不承認確實比原先的婚紗好看，流蘇線頭頑皮地跟著她的步伐起舞。

有的賓客留下安慰，更多的是趁早離去，畢竟這不再是值得高興的場面。而我卻一直怔在那張十一號桌前，身旁的安慰話語如蒼蠅縈繞，煩死了。

我一點也不傷心。

其實我本來也不是特別愛她。只是她方方面面都不錯，秀麗、賢惠、文靜、有禮、大方，但我實在沒記得曾跟她做過甚麼。

「好美」，我不由得發出了一聲感嘆。現在，我腦中不斷回想五十七分鐘前她步姿優雅地離開的身影。

那一刻的她像是從神話裡走出來的女神一樣。

# 主角

我不再想自殺了。還是好好活下去比較好。

當我對正計劃與我一起自殺的朋友說時，他扣著杯耳，將杯放到嘴邊。我知道他沒有喝杯內的咖啡，只不過想把杯擋著自己失望的臉，順便爭取一點時間，想想如何回應我。

「那……太好了……哈哈……不過，怎麼突然間改變主意？」他強裝笑臉地問。

我覺得呢，小時候我只要嚷著要買玩具，父母就給我買，使我覺得我是世界的主角。可是長大後，我再哭再叫，世界都不會憐憫我。我才意識到自己是配角。

「當初不是說，一起去死就是生命的主角嗎？」他半帶惱怒地說。

這裡六十樓，跳下去會死吧？但我明白，自殺的人，也是別人的配角吧？就像將一滴顏料濺在別人的臉上，他一抹就消失了。

我就這樣把話說完，放下一張百元鈔票，起身離開餐廳。

他沒說甚麼，只呆呆地看著我的背影吧。

——當刻我是這麼想的。但幾秒後，侍應和其他客人驚慌的尖叫宣告了我的錯誤。

他把刀刺在我的腰間，將我殺死。

啊！在我真正死亡前才突然記起：這天，這地方誕生了兩名奧運金牌選手，這裡從未有過奧運金牌的，竟然一天裡出兩人。

明天的頭版，將是奧運的報道吧？——他沒有想到，自己終究也是當配角吧？

# 開墾

爺爺在過世前的一刻，把我叫到房間裡。

他選定了我成為儀式的執行人。

在我走到爺爺房間之前，我想起了一段歷史。

「就讓醜惡來開墾吧！」

據說是我已久遠到不知何輩的祖上，忽然有一天在坐巴士的時候，大叫出來的一句話。

據說那時候祖上正在上班，路途堵塞，便看出雙層巴士的車窗。是時黑雨朦朧，陰雲重壓。祖上看著玻璃上的水痕滑落不停，交通燈始終由紅轉綠，又由綠轉紅。那耀艷的紅，刺得眼也痛了。濃重的雨落，把車廂靜止了，但止不住浮躁的人。聊天、叫罵不絕，唯祖上那一聲無端的大吼，鎮壓了眾聲喧嘩。

祖上的身軀擾動著靜默的空氣，周邊的人無聲地看著他走下樓梯。皮底皮鞋配合上木製的樓梯，響聲格外優雅。喧囂的雜音慢慢消退。

終於，車龍開始移動，巴士再度開動，但此時已無人理會。

祖上把車門打開了，頂著風雨飄灑，在眾人眼前跳出去了。

之後，祖上當起了農夫，奠定了我們家的基業。不過發跡已經是幾代後的事了。

為甚麼我會知道？因為這些都記載在家史裡。雖然已經是連用「陳年往事」都配不上的已經湮滅的歷史，但少時爺爺總是軟硬兼施要我們幾個孫輩好好記誦。

爺爺總說文字沒有記憶來得可靠。

我總以為在這個故事裡，祖上在跳車的時候，應該輕說了這麼一句話：「人生有更重要的事。」

我總覺得是寫書的人沒有寫下來。

回憶止在房間前。

進到門裡，爺爺指了指烏木製的衣櫃，我打開之後，一陣亮光迸射，裡面放著一把打磨得精光閃閃的鋤頭。

我試著提起鋤頭，才猛然驚覺，原來這把儀式用的鋤頭居然如此沉重。

「你要好好執行儀式。」這便是爺爺最後留給我的話。

我把爺爺抱到一塊空曠的地裡，附近的地已植滿了各色各樣的樹木——芒果、荔枝、杏、桃、蘋果、香蕉、椰子、火龍果、牛油果……都有。相信在儀式之後，爺爺的地也會開遍這些果樹吧？

大家都在哭哭啼啼。我也想，畢竟爺爺是我最尊敬的人，但我要保持莊嚴的模樣，不使儀式受到玷污。

我舉起那把沉重的亮銀色鋤頭，在爺爺的腦門上量度了一下，就用盡全力砸下去了，像破西瓜遊戲一樣，把他的腦袋破開。

大家都很滿意今次的儀式，長老們都稱讚我「破開」得很好，一定是對死者有無比敬意的人才能做到。

我最後把爺爺的兩顆眼珠掉到果園裡，不知道爺爺可以滋養出甚麼樣的果實來？

我撫摸著剛掩埋的泥土，抬頭望向了星空，極黑的長空只有幾點疏落的星點綴著一個海藍色的球體。據說那是我們人類以前居住的地方。

很多年之後，我仍然抬頭望著那個海藍色的「地球」，不斷想像祖上甚或更遙遠的人居住在上面的故事。應該是與這個平和的星球絕不相同的，精彩有趣的故事。

突然，我的孫子遞給我一個蘋果。那是他從爺爺眼珠結出來的樹上摘給我的。

我想起爺爺在房裡的幾句話，不知道應該口述下去，還是要寫到家史之中。

爺爺那時氣若遊絲地說：「這是我爺爺告訴我，祖上用來開墾的一把鋤頭。祖上那時候定下了家規，下一代當家要親手用這把鋤頭把上一代當家破開，然後種在自家的田裡。他要好好看看這個世界能開墾得怎麼樣。我也……要。」

# 檸檬

不知何故，老人今晚的夢出現了許多檸檬。夢裡沒有燈，卻灑滿刺眼的白色，照耀著淺黃色的地板。他沒法判別方位，在飄著淡淡檸檬香的空氣中前行。不久，他聽到洪水墜下的聲音。瀑布？他猜想著，走到某處，看到了帶著淺黃色的瀑布。是檸檬汁的瀑布，氣味比空氣的稍酸，走近一嗅，還有種清爽的甜，他把手指往裡探，那比水柔滑的冷凍檸檬汁使他自然地吞了口水。

突然，他的頭被一個柔軟的東西敲了一下，他頓時想：「檸檬？」那物體沿著他的頭落到他的肩，順著手臂滑到他的手裡。

他來不及看那是甚麼，突然就從夢中醒了。

晚飯時，他咀嚼著白飯，衝口而出說：「檸檬？」他的妻子沒有理會，兒子卻說：「怎麼了？」

「飯裡加了檸檬嗎？」

「怎麼可能？」妻子淡淡地道。然而老人的舌頭還是嚐到檸檬的酸味。這酸味使他食慾大振，他的胃口明顯比往常的好。

這晚臨睡時，他幻想著自己的皺起的皮膚被檸檬碾過的觸感。這樣幻想著，他又想起檸檬的香味。

「爸爸，最近你精神多了！」妻子這樣說他。「真的呢！還去了超市買東西。也秋天了，我們去浸溫泉吧！」兒子說。「贊成！」女兒說。「好啊好啊！」「我要去……」孫輩則也興奮地嚷著。

他慈祥地笑著，心想這確實是個旅行的季節，就去溫泉吧。

他半夜醒來時到了客廳，走向今天買來的一袋檸檬，伸出起皺的手指觸摸檸檬時，兩種皺紋碰撞彷彿使他觸電一樣，於是他把整隻手攫住一個檸檬，貪婪地握緊它，嗅它的氣味。其他檸檬卻被撞跌，散落一地。他想後退一步，踏上一個檸檬，失了平衡，倒在地上。

他的喪禮上擺放了幾個檸檬。沒有人知道是誰放的，正如沒有人知道他生前突然愛上檸檬的理由。喪禮後，不知何故，他年紀最小的孫暗地裡拿了一個檸檬，雙手捧著，貼近鼻，嗅它香甜的氣味。

# 石

清晨天空的顏色淡雅，沒有霧，像隔著一層薄窗紗，總覺得蒙上一層淺色的濾網。

他把一塊卵石擲到海上，清脆地響起咚一聲後沒有兩秒，海浪如常颯一聲湧上沙灘又退去。

他練習過嗎？只不過是巧合？卵石在浪聲的間歇落在海上，響起的聲音沒有被浪蓋過。在這曚曨的清早、淡藍色調的海灘上，我無法不被這急速卻又清晰響亮的聲音吸引，無法不愛上他。

我想：將來我們要住在海邊小屋，每日把石頭投擲到海裡，聆聽海與石的演奏。

那次後，我每日投石到海上，起初石入水的聲音會和海浪聲重疊，日復日練習，直到他已經沉睡在大海裡，我終於能把石擲在間歇的浪聲之間，和他一樣。

「你練習過嗎？」我來不及問這個問題。

我又把一塊石頭擲到海上，看它奏出甚麼聲音。

# 黑白

「人生是白紙，上面畫甚麼就掌握在大家手中了。」校長在畢業禮上說。

正如對待學習一樣，我對他的話同樣抱著疑問。那感覺就像，這十多年來，一堆人搶著我的白紙來畫，畫了擠擁的、醜陋的人與物，把它摺皺甚至撕破，最後塞給我，對我說：這張畫怎麼畫，由你自己決定吧！

聽說，有人承受不了，乾脆把畫紙染上全黑——他把墨倒上去嗎？還是乾脆換一張黑色紙呢？

我嘗試在我的白紙上——已經不是白紙了——畫上河流，旁邊是有煙囪和窗的小屋，小屋附近有花有樹，樹上有蘋果，紙的右上角有四分之一太陽。然而，白紙上還有那些擠擁的、醜陋的圖案。啊！這樣畫，連一棵花也畫不到呢。我放棄為它添上色彩，再塗上甚麼鮮豔的顏色，也無可避免地蒙上了一層不可磨滅的灰和暗淡的霧。

我決定放棄。呵呵，留白——儘管它不是——也是一種人生啊。

多年後，我遇見那個換成黑色畫紙的同學。比起當年，他臉色好太多了，變得樂觀、愛笑，那充滿朝氣的模樣，像太陽照射著我。而我則像個卻從地底爬出來的人，望著他，我刺眼得痛苦。

我問起他的畫紙。他說：黑畫紙才能畫宇宙、銀河和星星。你那早被人弄髒的白紙，連棵花也不能畫啊。哈哈，哈哈，哈哈……

我恍然大悟。啊！比起當年，他真的不同了。除了那精神的氣息外，最大的不同，是連雙眼都被他挖下來吧？我這才醒悟這正是把畫紙弄黑的方法。
我把刀拿著。

# 上課

在教室的角落裡，助理教授在眉飛色舞地講課，講的是《哈姆雷特》。很多同學沒有看過，所以她快速地交待情節。

我懷疑她有個演員的夢，才能在這麼個無聊的場域扮演著悲慘可憐的奧菲莉亞撕心裂肺地唱出第四幕第四景的經典歌詞哀悼她的愛情。

朋友忽然對著伏在桌上的我說：「不如你趁著一年級的時候轉系吧？」

「為甚麼？」我懶懶地說。

「這教授這麼有趣你也沒興趣上堂似的。平時也不怎麼抄筆記，也沒跑去跟老師們打打關係，連文章都沒見你寫過，學會又沒參加。你是不是高考分數不夠才來了文學系？趁早走吧，不然大學幾年多浪費啊！」

聽了她的話，我正了正身，故作驚訝問：「那你上課前是看完《哈姆雷特》了喔？」得到的回應是「怎麼可能」。然後她笑了一聲後又補了一句「不就跟你一樣」。

我再度趴躺在桌上說：「文學系是一個絕對天才的學系，留在這裡，縱使不是天才，看看天才，也值了。比起待在無趣的學系虛耗時光，我還不如在一片濃郁中腐朽來得徹底。」

隔了一會，她拿出手機邊搜索邊問我：「一會去哪吃飯？」

這時候，教授剛介紹完《哈姆雷特》的文本內容，然後開始講授莎翁的寫作技巧。

我繼續趴在桌上對她應了句：「隨便。」

說完之後，我心裡有點期待下周講的《唐吉訶德》，不知教授會怎麼演繹打風車呢？

# 烙印

「我不想你那麼完美的肌膚為我留下甚麼東西。」

這是他說給我的最後一句話。

那一天早晨，我推開窗子，艷陽迫射，閉上眼睛的那一會功夫，他就化為泡沫，隱沒流光之中。

他再也不會回來了。我知道的。

一個

兩個

三個

我一個一個把升起的泡沫用指尖戳破。直到它們那微小的水漬都散落在床單上。

我把床單做成了裙子，在大街上跳起了華爾滋。

享受舞裙轉動的一剎，然後點燃起裙子的邊緣。

火舌繚繞飄昇，像暮色染紅的枯葉一樣翻飛。

水痕蒸騰成輕煙，所餘無幾的時間，我盡量無有遺漏地吸收。

哈，我真的沒有為了你使肌膚留下甚麼。

我很乖吧。

# 門縫

她不把門完全關上，是為了通風吧？

數年前的夏天，第一次踏入她家的時候，我留意到她這個動作。那是為了通風吧？夏天把廁所緊閉著，總感覺很翳悶。當時我這麼想，但幾年後我才知道猜錯了。

說起來，她家的衣櫃、抽屜之類的家具，總是不完全關上，留著一道縫。我怎麼現在才記得呢？想必是我從來沒看過她把它們關上吧。

我倆的感情發展得很快。正當我躺在床上把她擁入懷親吻之際，她微笑著輕聲對我說：「門。」屋內只有我們兩人，但我仍看看門，說，沒有甚麼啊，怎麼了？她皺一皺眉，若無其事地起床把門關上，但留了一道門縫。

在我將近筋疲力盡時我鼓起好奇心。怎麼你總留一條門縫？我問。難道你不覺得有人在門縫偷看我們嗎？這樣不刺激嗎？她淡淡地說。我一時語塞，只覺被溫熱汗水沾濕的背脊突然像觸碰到冰冷的金屬一樣。我沒說甚麼，唯有以親吻取代說話。

自她對我說分手後，我和往後的女人做愛時都會留一條門縫。——她會在門縫偷看我吧？

# 壽司

「我覺得我和他只能說話，不能交談。」她說。她將一件壽司蘸在山葵上，把它咬爛，吞進胃袋。

「問他所有事情，只會答與我相反的答案。他不懂得哲學，也不懂藝術。救命！他竟然在畫廊裡當眾打呵欠。我實在沒法忍受缺乏品味的人。」她說話時有種拖泥帶水的口水聲，彷彿嘴裡還黏著幾顆珍珠米。「而且，有時找他他也不怎麼理我——還是你最好。」

「不，我只是聆聽，也沒幫到你些甚麼。如果你問我事情，或許我也會答與你相反的答案。」

「不，你不會的。」

我以一個禮貌且親切的微笑回應。

但她畢竟沒有問我任何意見。她也回了我一個親切的笑容。

她又把壽司蘸在山葵上。

啊！高級壽司店的山葵，本來就藏在魚生與飯之間啊！

嗯。我和她得到相同的答案。

# 鏡

不知何時開始，我在鏡看不到自己。

「這鏡啊，鋪滿塵了，上面都是污跡，甚麼都照不到啊。你就拿去洗洗吧。」我對丈夫說。我記得這面鏡是我們婚後新居入伙時買的，鏡框凹凸的花紋精美，現在竟塞被灰塵填滿，怪可惜的。

丈夫把鏡、花瓶、小擺設、沙漏拿到洗手間的盥洗盆裡洗。水龍頭湧出清澈的水，沖向各種金屬，敲響靜謐的家。

洗畢，丈夫把它們放在露臺，等陽光曬乾。

「你不覺得這裡有點亂嗎？收拾一下怎樣？」我又對丈夫說。

丈夫拿著相架，心神恍惚地凝視著相片。那是我們的合照。他將相架、幾本日記、一些像文件的東西整齊地放在紙箱內蓋好。

丈夫又收拾了周圍的東西，使這本來就以白色為主題的房子變得更純白。

丈夫把抹乾了的沙漏、小擺設、花瓶、鏡順序放在紙箱裡。當他把鏡側放進去時，鏡面對著我。

開始想起，我甚麼時候看不到自己。

# 熱水

水滾。

「媽媽，可以吃了。」兒子說。

「啊，可以吃了。」

爸爸說。

# 溫泉

秋夜漸涼，露天溫泉的霧氣升得漸快，他把手探進池裡，尚熱，但時間無多。他知道，這是和妻子僅有的相見時間。

唯有迷濛煙霧，內向的他才能鼓起勇氣對她說話。初次見面時他連打個招呼的勇氣也沒有，後來卻在滂沱大雨下向她示愛。

兩人能夠交往、結婚——都拜示愛當日視野模糊所賜。婚後他的性格沒有大改變，除了對著妻子外，他依舊沉默內向，對著外人總是低著頭，不敢對望。如果他沒有遇上妻子，恐怕就要沉默一輩子了。

而今，他伸手到溫泉的迷霧裡，正因為看不到臉，才能大膽起來。他撫摸她、聞她，感受她的身體，感受她的一切。

不知何時起開始，水已經冷了，溫泉凍得像雪水一般，蒸氣飄到漆黑的天空，即使橘色的燈照下也沒有白色的霧氣。霧早已不知所終。他的妻子走了。

他的妻子早已死去多年。

他決定再放一池溫熱的泉水。

# 隕落之羽

站在懸崖邊緣，勁風一吹，他感到背上一陣刺痛。
玄烏如墨的羽毛隨風揚起，一根一根在眼前飄落。
他想伸手抓著，但伸到一半，定下來，又縮回去。
望著自己本應靚麗的羽毛，帶著焦臭，掉落地上。
翅膀不再完整，流火漸息，一個個燒灼焦痕展露眼前。
疏落參差的斷羽殘毛，讓愛美的他不禁悽然淚下。
最後，還是伸出手，掬起一叢羽。
右膝隱隱發痛，站起來也有點吃力。
原來，他在上次的戰鬥中，用盡全力才能獲勝，卻拉傷了本已纖弱的幼腿，所以這次才避不開暗處的燃火流箭。
他從沒想到自己為國力拼之時，身後會迎來偷襲。
他不知道自己一生為國征戰，卻落得身軀如此殘破的理由何在。
想到這裡，他感覺到自己不再有資格踏上這片英雄地。
看來，是命運告訴自己要退場了吧。
他，也很識趣，手執的長劍一抖，清蹌地輕抹頸沿。

「媽……媽……快過來……」乾燥的草地上，有一個小孩子在大聲叫喊。

他的母親循著聲音急忙跑過去，卻被眼前的景象嚇得大叫起來。

原來，是一隻負傷的烏鴉，死了在花園裡。背上的羽毛稀疏醜陋，一個個戳印清晰可見。

小孩覺得牠的模樣很可憐，伸手想檢起來，卻被他的母親一臉厭惡地阻止了。因為他的母親不想一地的污血染髒自己高貴的手。

不一會，聰明的小孩藉故重返，偷偷地把烏鴉拿到樹底埋葬。

臨近樹蔭，他聽到一連串間歇性的敲擊聲傳來。原來是一隻喙上帶點點紅的藍色啄木鳥在重擊樹木。

挖好坑，小孩才首次看清手上早已逝去的烏鴉，緊閉的眼框裡，好像有淚水在醞釀。

他覺得牠在造夢。

他希望這隻黑色的鳥在夢中有個美好的結局。

他拿走一片完整羽歸家。

後來，不知何時開始，孩子對運動產生興趣，想成為頂尖運動員，在賽場上為國爭光。

於是，他把羽毛連同黑皮繩造成了項鍊，每天戴在身上。因為他有種感覺，這片黑羽毛會好好指引他任意飛翔。

# 美玉與劍

當他被迫到比武臺的邊角時，忽然，窺準空檔，碎步前踏，連刺六劍。最後一擊時，對手強忍身中多劍的劇痛，奮力回刺。

二人同告掛彩，對手的劍劃破他的肩膀，但他咬緊牙關，施力把劍身刺入對手的左腰。一插，一扭，一抽，對手連本能地掩起肚子的動作都沒做到，已經氣絕倒地。

「留在這裡，你不能一鳴驚人。」他拿著獎金，準備離開時，旁邊閃出一個穿紅色亞麻西裝的男人。

挖角的人，大多先聲奪人，一舉打動對方。

的確，他的出生地十分貧瘠，沒有甚麼發展。大部分人只能努力捕魚，生存是此地人最索求的事。

那人來過觀賽幾次，他認得。這次是他第一次認真看著眼前人，原來那人的眼神如此冷冽。

「為甚麼？」他輕輕的問，手上的劍比他的話更寒氣迫人。

「這不是很明顯嗎？這裡不過是個小地方，要登上世界舞臺，留下歷史痕跡，當然要去更大的城市。這裡沒有希望的。」說的時候，表情十分曖昧，將笑非笑，像是生怕他發現自己的不屑，但又忍俊不禁下勉強維持正經的樣子。

「你講的我都認同，但，背井離鄉而發跡，沒甚麼意思。」他拿起手中的劍，彈了彈，劍像附和主人一樣龍鳴不斷。

「為甚麼？」那人不自覺地輕掩右耳，不解地問。

「在限制中付出，在限制中痛苦，在限制中失去，才能感受到靈魂的所在，人世的可貴。即使最後甚麼也得不到。」他再彈了一下手中的劍，很滿意，一如以往清脆靈動。

那人冷笑了一聲：「你別在我面前假清高了。」繼而雙手掩耳接著說：「你只是一塊被人遺忘了五年的璞玉，是我在這個不堪的地方，賞識你的能力，發掘你的價值，你才可能有更大的成就！」

「你這樣平庸的人，一輩子都不會理解，為甚麼我能如此高貴。」他慢慢地把話說完。下一刻，高大的身軀忽然繃直，劍尖搖指那人的心臟。

那人神色驚懼地說：「你真傲慢，沒有我的提攜，你這個偏遠漁港的劍手以為可以憑自己得到甚麼榮耀嗎！」

「哦？是嗎？既然這裡如此不堪，我這塊美玉為甚麼會誕生，還要等你來發現呢？」他把劍收回鞘內。那人並未離去，卻好像已經不在他的視線之中。

# 入屋

當我第一次來到他的家作客，就在入去之前，「土足禁止」的念頭早在我腦內出現。我在玄關脫了鞋，放在旁邊的鞋架上，彷彿踏上樓梯般踏入他的家時，稍微絆倒一下，卻不至跌倒。

「你寫的故事啊，怎麼說呢，不夠『入屋』啊。」當我們坐下後，他劈頭第一句就這樣說。來自異國的我，不知道粵語「入屋」的意思，我反覆思量，才估計他說的是門檻太高，注定賣不出去的意思。

「不入屋嗎，可以請你詳細說說嗎？」我喝了一口清香的抹茶。萬幸他沒有開口問我要不要喝茶。這是他傭人奉上的。

「這情節嘛……這人物嘛……總之就是門檻太高嘛……所以……」他長篇大論的說了很多，坦白說，我享受著茶香，沒有聽出甚麼重點，連他說完我也不知道，直到他問我「你覺得怎樣」時，我才覺得他的語氣竟然變得像抹茶一樣順滑而沉穩。

我們又就一些細節討論了一會。離開時，我又在玄關，「土足禁止」的念頭又在我腦裡浮現。他的傭人為我開門，我心情輕鬆地離開了他的屋。

當我走了十多步時，後面傳來他的聲音。「先生，你遺漏了這東西。」他站在仍然開著的門說。

那是我打算出版的小說的稿。

他從屋內出來，把稿還給我。

# 冰之精靈

他的身體自冰面穿透到海水裡。一直保持旋轉的狀態。這樣一直下去，大概會鑽回到他誕生之源的生命之海。

接近深處，那裡有著散發無數微白亮光的細長幽魂繞行，像大型星系的行星有序地轉向核心。海中央有一隻巨型的傘狀物緩慢而肆無忌憚地擺動它輕盈的身姿，時而顯透出內部幻彩的光芒。他毋須睜開雙眼，景像自然呈現腦海。他從沒見過，卻感到無比親切。

他發現自身愈發透明，鼻子呼出的氣泡也帶有一層盈白，緩慢有序地流動到他飄揚的髮絲，繼而被傘狀物伸出的觸手捕捉。他感到一陣溫柔的暖意。

「你看，你這樣摔掉了生命。不蠢嗎？」一道不刺眼的耀目白光在頂端傳來聲音問道。

他沒有回答，有些氣泡沒有被捕捉到，上浮到不斷遠離的冰面。

他的眼好像有稍稍看向那些不斷遠離的氣泡。他這才想起自己掉下來前的事。

他一直在為這片雪國表演精彩的舞蹈，每一次祭典他都有獨跳環節。

只要他站在冰面起舞，冬風為之駐足，灰霧為之注目，星月也要收起艷光，連海水也不欲復為流體。更不消說，眾精靈連呼吸都會停止。

一切一切只為了這一瞬間。因為他的每一跳彷彿都不是世間。

年復年跳，他也不負眾望，表演愈益精彩。由最初像絲帶般在冰面拉動出如奶油般綿滑的軌道，到後來隨意起跳，都能造出無數次賞心悅目的旋轉。

不知道甚麼時候，在這永凍的世界裡，他每一跳都有一團火在燃燒，燒掉了他的寧靜。

他的神色愈來愈冷峭，每次起跳彷彿都不在世間。

「你為甚麼一定要這樣跳起來？你已經很完美了，平穩安全地跳舞娛樂大家不好嗎？」通體煥發白光的精靈女王垂頭低問。

「你知道我現在想甚麼嗎？」他綿緩地呼出一口氣。

女王仍然面帶笑容，但微微搖頭。

「我在想，啊，這就是四周半的轉速。是只有我才感受過的極限。那些完美的，那些不完美的，已經不再重要。」

傘狀物轉而呈現出一陣淡靜的柔紅。

他的身體鑽進傘狀物前，已然完全消失，但有些氣泡仍然閃爍著微小的光芒，隨水浪蕩。

＊〈冰之精靈〉為與 @runningeggyolk 畫作的藝術合作，原畫可見：

# 鈕扣

每次開始之前，男生都被要求好好吸吮女生的手。

幼嫩柔滑的皮膚被纏捲。她喜歡這種輕柔地包覆全身的感覺。

每次都能讓她想起初見之日。

那天她一個人在咖啡廳看著書。突然，被走過的人的衣服扣子扎了一下。

是那種高級衣服常用到的玫瑰金屬鈕扣。優雅的男子溫文地道歉。

兩人四目交投。男子駐足細看，問她可不可以幫忙完成研究的課題。她知道他的目的，欣然配合地報上一個羞澀的微笑，點了點頭。

相談甚歡，但女子一直覺得手背癢癢的。低頭一看，居然血流不止，把裙子都染上血色了。

她嚇得大叫，翻動的手使血飄灑，像一株紅色的情人草畫到白桌布上。

男子也嚇了一大跳，為了安撫她的驚惶，輕握著她的手，往手背吻吸下去，直至貼上了膠布。

她喜歡上這種撫平靈魂躁動的平靜。

# 甜品

他從對面跳下；一列火車輾過他的身體。
直到一滴血彈在我的手機上，我才能整理剛才在我眼角發生的事。
我看看左又看看右。心想，應該有人報警……吧？我感到難為情。不。應該是消防？抑或救護？
我怎麼知道？
其實呢，我在看甜品的食譜。為了慶祝與丈夫結婚一週年，我決定為他造甜品。
我把血抹去。剛好是芒果布甸的一頁。他愛吃芒果，但喜歡布甸嗎？我打電話問他。
我撥出電話後抬起頭，月臺對面來了些消防員。我心想，果然應該叫消防員才對！
對面響起電話鈴聲。
沒人接聽。

# Blue Hyacinth

「她今天終於把我殺了。」想著，小刀再往心臟多推一吋，鮮血從傷口噴湧，在地板上結出一朵朵玫瑰。

我看著那朵朵血之花，思緒墜回十年前。

那一天，我如常在空無一人的辦公室寫論文。突然一陣輕柔的敲門聲。門打開了，是一位最近常常黏著我的女學生。一個比較好看的人。

「教授，我有些事想跟你說。」她說的時候微微低著頭。

「講吧，是甚麼功課上的問題嗎？」

「我好像有點想殺了你。」她面如桃花，微笑而嬌羞地說。

「啊……像你這種年紀的女生，很容易有殺人的衝動，我是了解的。你回去慢慢想清楚吧，可能就不是那麼想殺了。」身為老年人，我還是自覺的，殺人這種帶著強烈情感衝動的事，怎麼可能吸引到一個見面數次的小女生對我做呢。

「如果你不相信我，那不如先跟我在一起，你就明白我的心意了。」突如其來的親吻，嘴巴送上的甘露，滋潤著我這個無聊的老男人。

在她鍥而不捨的攻勢下，我還是敗陣了。很快，我們一起了。

「我們在一起兩年了，你感覺到我的心意了嗎？」溫柔的雙眸一直看著我。

「我確實感到你對我是認真的，但只是談戀愛這種隨時失去的關係，說愛的時候很愛，說不愛的時候就不愛——當然，更多的是說愛的時候也不知道自己是甚麼想法——不過，我知道你對我是認真的，這點無庸置疑。但畢竟我們只是談戀情而已，很難確定你所謂的心意有多真實。」

「那你想怎樣？」她淘氣地說。靈動的大眼骨碌碌地打轉，可愛的臉龐不免露出失望之情。

「要不，我們結婚吧？」

「結婚有甚麼大不了，像我爸媽就離婚了。」她溫柔而嚴正地反駁。

「那麼，你為我生個小孩吧，我就相信你對我是認真的了。」這樣的話語絕對可以嚇退她吧，我想。

結果，她眼睛精光四射，「確實是個好提議，你說的真棒。」

她高興地送上香吻，舌頭傳來酥麻的快感。

畢竟我已經是一個年老體衰的男人，六年之後，她才終於懷上小孩。我們都為即將到來的小生命感到高興。看著她的肚子愈來愈大，我首次感到身為男人的快樂，能夠有為其努力付出的人，實在是一種幸福，而且是一個如此美艷動人、溫婉大方的女人。我們每天關注著孕婦須知，商量著孩子的未來。

自從她懷孕後，同事對我愈來愈友善，也多了學生找我攀談，我變得常常與他們一起吃午飯。

孩子出生後，聽到她的哭喊聲，心裡著實有股暖流不斷迴轉。

「我真的很愛你，老婆。」放下剛滿一歲的女兒，我從後抱著正在做飯的妻子。正在做的是她拿手的清湯燉牛肉。我原本並不愛吃，因為她而喜歡上了。

「我確實感受到你的真心實意了。對不起，我質疑了這麼久。」

「你終於感受到了？你終於感受到了！」她興奮地尖叫起來。把火關了之後，她把身子轉過來，面對面看著我。美麗的大眼睛無限深情緊盯著我，如絲的及肩秀髮，如玉的溫潤肌膚，襯托著她美麗的小圓臉，使我對著她嫩薄的嘴唇一親再親。手也慢慢搓揉著她飽滿的胸部。

唇分。

「你終於了解到我的心意啦。」語音由剛剛的興奮，變回以前的沉靜羞澀。伴隨著她的一音一語，心臟位置一直傳來陣陣的錐心之痛。

她的臉像上了一層玫瑰色的薄霞，紅艷艷的。心口再次傳來一陣劇痛。

「我終於可以殺了你啦」，軟軟的，溫柔的聲音。

「嗯。原來，」

「十年前的告白，如此，」

「真誠，」我試圖把說話盡量仍然有條理地表達，因為這是最後對一個我如此深愛，亦如此愛我的人的說話了。我不想有任何的醜陋失禮地曝露出來。

她溫柔地抱著無力地脆坐著的我，把廚房的保鮮袋拿過來套到我的心臟部分，然後讓我自然地垂下，便又去拿廚房紙仔細地擦拭地板。

「真的蠢，」

「我，」

「感受到的，，，」

「就應該」

「我開門的那一刻，就，就，」

「老，，，我愛，」

廚房只剩下血液的滴答聲，女人自始至終都在默默地準備一切，從沒答話。

她慢慢地把他按著紋理切割開來。肉塊先放到那鍋燉牛肉裡，並在裡面重新放上了番茄、洋蔥、月桂葉、馬鈴薯和胡蘿蔔，而把原先的白蘿蔔拿走。肺、肝、腎、腸等內臟則按部位仔細區分到一個個食物保鮮箱裡，唯獨被插爛了的心臟只好放在料理檯上，等晚點再好好想想要怎麼醃製。

「老公，我最愛你了，由第一眼看到你就是如此。我真不明白你為甚麼要十年後才能相信。」一邊把燉肉放到嘴裡細嚼慢嚥，一邊輕聲地嘀咕。

吃完飯後，她把裝了保鮮袋的血，慢慢滲到學生時代便開始使用的「金木犀」。

她在書櫃裡珍而重之地把一本全新未拆封但封膠略有痕跡的日記本拿出來使用。她打開紙張邊緣略有泛黃的日記本，在第一頁寫下，筆色朱紅而泛金：今天，你終於可以和我一起譜寫出只屬於我們的回憶了。我會好好養育孩子的，因為她是你留給我的最後禮物。

突然，孩子的哭聲傳入耳中。餓了。

她把燉湯吹涼了一點，送到女兒的嘴裡。女兒慢慢喝下幾口後，哭聲漸止，嘴角開始流露出快樂的笑容。

筆再次動起來，她先在原先一段文字上的「你」和「終於」之間，加上那麼一小句「，我最愛的教授，」，然後才續寫下去：老公，謝謝你，有你的陪伴，我和女兒不會寂寞的。我會好好處理剩下來的肉，讓女兒也能夠接受全新的你。不過，她才剛滿周歲，也只能多做點清燉的菜，你說對吧？

# 早困

沙沙沙……大家早晨啊！歡迎……晨間放送……沙沙沙……高興……沙沙沙……快到新年了……等我……為……沙沙沙……賀年歌……群星獻唱的……

……

一片陰黑。

年，又過年，共慶歡樂年年……沙沙沙……共兩家……工商生意……沙沙沙……各界齊慶祝……沙沙沙……

心臟的跳動愈來愈明響。些絲華光鍥而不捨，硬要擠過厚重的窗簾縫隙。然而華穹蒼漠仍是一片玄黑。

沙沙沙……一曲新春頌慶。新年就應該開開心心……沙沙沙……不要……沙沙沙……播放……《喜氣洋洋》

齊鼓掌，歌聲放，沙沙沙……開心沙沙沙……請欣賞

歌聲愈來愈迴盪，在腦，嘴巴也隨著耳熟能詳的歌聲低吟。熱烈地彈琴熱烈地唱，歌聲多奔放個個喜氣洋洋……沙沙沙……我感受到生命在縮減。一點一滴從嘴巴飄散，流逝入機器，隨著歌聲。沙沙沙……洋溢四方！

燈起

燈滅

燈起

我乾癟的手摸索著，仔細找出音響的空隙。

落得一手灰。討厭。

最後，我把放卡式帶的位置打開，把塑料吸管壓平，往裡面吹起一個個肥皂泡。

燈滅

燈起。

「咦，音響今天怎麼壞了呢？這日本貨用了二十幾年都沒壞的。唉，要遲到了。回來再看看吧。」

我怎麼知道呢？在夢中的我回覆著。忽然，有些肥皂泡飄到我身邊一個個破開。那些微弱的氣泡破裂聲如同燃裂的爆竹串響，在濃黑的帷幕下如同閃逝的燈絲般優雅而美麗。而我這次睡得很安穩，未有醒轉過來。

# 不適合

「缺點嗎？我想我不適合工作呢。」當我把這句說完後，面試官忍不住微笑，然後禮貌地打發我走，說有進一步消息會通知我。

「你真的這樣說嗎？」朋友驚訝地問我。他吃了一口雞肉串燒，根據他說，那是雞盆骨內的筋肉，沒有比這更有彈力、更富肉汁的部位。

「對啊，他問我有甚麼缺點，我只能用最誠實的答案答覆他了。」我也吃一口秋葵串燒。那有點燒焦了，雖然我不介意，但我想，這就是這餐廳得不到米芝蓮三星評級的原因。

「這答案無疑是自殺吧。」

「可不是嗎？每人都有自己的崗位吧？書獃子不適合做運動，運動員也不適合坐在課室聽課啊。做到是做到，就是不適合。這答案是自殺啊……但我也不適合自殺呢。哈哈……」我喝一口酒，胃袋馬上被溫暖包圍。

「仔細地看，唸數學的不適合唸文學，唸歷史的也不適合唸化學，也不能說他們完全不適合讀書啊？」

「但也有完全不適合讀書的人吧？」

「工作也是為了生活啊……」他也喝了一口酒。

我醉了吧？我已經聽不到他說「生活」還是「生存」。我也不適合喝酒。不，我不適合醉。

「適合工作的人應該為不適合工作的人工作。」我說。我感受到輕微頭痛。我果然不適合醉。

「怎麼可能?工作很辛苦,誰會代替別人受苦呢?就算是情人也未必可以,何況是別人呢?」

明明他喝的酒比我多,但頭腦竟然比我清晰。真是過份。

「當然不是無償。我願意為那些為我工作的人分擔痛苦。」

「甚麼痛苦?」

我毫不猶豫地答:「我願以宿醉的痛苦交換。他們工作有工作的苦,我喝酒有喝酒的苦……哈哈……」

分別的時候,他諷刺我不適合在現代社會生活,又模仿我的笑聲,嘲弄似的勸我去死吧。

在夜深的街橫過馬路時,一輛高速的車衝到我右邊,及時煞停了。我一瞬間被嚇倒卻馬上冷靜下來。司機睜大的眼比我還要驚慌。

啊!

我也不適合死。原來。那司機也是。

但這樣的安慰沒有舒緩我的痛苦。我就懷著這樣的痛苦入睡。

第二天。

我又在求職網站上找工作。

電視播著凌晨時分朋友被車撞死的新聞。

嗯。他死了。

或許我才是適合工作的人。

我懷著宿醉的痛苦進入夢鄉。

……

這小子真是……十年如一日的癲狂。這世界可沒有這麼多時間讓你思考適合不適合。

我剛剛叫他去死，那小子會不會真的去死呢？

他不會的。看來我也有點醉了。

從便利店出來的我，聽到一個走路歪七扭八，穿著杏色風衣的男人胡亂叫喊著。一看便知道飲醉了。看來不適合飲酒的人真的很可怕。

煙圈飄散的一刻，突然傳來一陣叫罵聲。從餘霧中我看到男人與一對紋身男女在爭執。可以想像，蹌蹌踉踉的他撞到人了吧。

風衣男突然發瘋似的追著早已走過對街的紋身男女喝罵。

聲音沉寂下來，手指傳來一陣灼痛。太沉迷看戲的我，忘掉手中燃燒著的香煙。當我走到垃圾筒時，傳來一長串刺耳的剎車聲及一聲巨響。是那種確確切切撞擊到重物的聲音。

不安的預感驅使我跑往交通燈的方向，果然，他有被撞到。

運貨車剛好在觸到他身體的時刻改變方向了。風衣男酒勁仍未緩來，依舊在指天罵地，畢竟他只是輕微擦傷。反倒是司機為避開他而急扭軚盤，全車翻側，血流披面。

居然沒有死。

那小子的話難道是對的？哈，我居然會相信他講的。看來我年紀大了，也不適合飲酒了。

……？

「據目擊者聲稱，昨晚凌晨，上一個街口剛發生一場交通意外，約五分鐘後，就在這十字路口，死者於燈位一邊抽著煙，一邊望著駛來的車，途人以為他在截的士。當時仍是紅燈，遠處一輛高速行駛的跑車快要經過馬路時，死者慢條斯理橫過馬路，途人無法叫停他。○○新聞記者，蔡子恆報道。」

＊〈不適合〉的粵文版曾刊登於《迴響》第六期

# 離魂

男士雙眼暫時移離面前的人兒，瞧了瞧窗外。面對如此奇特的情況，女生不敢開口說話。

好一會兒後，男士慢悠悠的聲線從嘴裡轉動出來：「你說呢，今天碧空澄明，翠鳥怡然。青雲傍日，凱風沁人。華光掩映於琉璃，桂芬馥郁乎滿庭。嗯……你同意嗎？」

女生露出了尷尬的微笑，低下了頭，臉上好像泛起了些許的紅暈。

男士輕嘆了一聲，真的很輕，輕到面前的女生並沒有發現，便再次發話：「真的是很好很好的一天啊，恰好明天還是我的生日。你覺得我有甚麼原因要坐在這裡呢？」

女生緩緩地抬起頭，良久，羞怯地說了聲：「…………因為……要見我？」答完後眼神閃爍不定。

這次的嘆息聲，連女生也注意到了。男士面向女生道：「嗯，你可以離開了。根據你的成績與回答，我謹代表學校錄取你了。恭喜。」

女生起身離去。慌忙間好像連把椅子放好的禮儀都忘掉了。

就在女生開門離去的一剎，「啊。不過如果同學你想讀好我們文學系，建議你多做點訓詁，好好看看牡丹亭。剛剛那一幕很有名的喔。」

# 實用的東西

「我在兩個小女孩面前放了一束紙幣，和一本美麗的圖書。我說我將其中一樣送給她們，她們想要哪個，我就送哪個。」臨睡前我對著剛結婚的丈夫說我在朋友家逗她兩個女兒的事。丈夫耐心地聽我說。他喜歡小孩，說不定我們將會生一個小孩。「我做了這個實驗兩次。其中一個選圖書，另一個選紙幣。」

丈夫露出驚訝的樣子，彷彿覺得我在說謊一樣。然而，這是千真萬確的事。而且，之後她們的媽媽稱讚那個要圖書的女兒。不信的話，你去問她吧。「可是，為甚麼稱讚那個要圖書的女兒呢?」我試探地問。

「那當然吧?」丈夫若有所思地說。但既然是「當然」，為甚麼又說「吧」呢?

「為甚麼呢?」

「唔……錢是實用的東西，圖書不是。感覺不實用的東西神聖一點吧。一個女孩要錢，不是太俗了嗎?」丈夫說。原來他對不實用的東西有這樣的意淫。我感到一陣喜悅襲來，全身發熱。然後我們便翻雨覆雲。我有預感，我們將會生一個可愛的小孩。

「你記得嗎?當年你的妹妹溺水的時候，我就在附近。」我說。我感到比赤裸更赤裸。但既然他是我最愛的丈夫，我是他最愛的妻子，他會接受我的赤裸的。

「怎麼現在說這個?」丈夫起來背對著我，在旁邊抽煙。當他把煙大口吐出時，說:「你很自責吧？也那麼久了，現在沒事了。」他把煙放下，在床邊爬來抱著我，親吻我。他微熱的肌肉包著我的身體，我感受到他的呼吸和心臟的跳動。他知道怎麼擁抱會使我充滿安全感和更加愛他。我們都對對方的皮囊非常熟悉。

怎麼就這樣了？就這麼完了？我想要的，是你的讚賞啊。原來他只看到我肉身的赤裸。這樣不算真正夫妻吧？我決定告訴他一切。他一定更加愛我，因為，竟然有一個這麼神聖的女人當他的妻子。「我本來可以救她的啊。只是，你不覺得伸手救人太實在，太實用了嗎？我就在旁邊為她祈禱，祈求她沒事啊……結果她還是死。」

丈夫驚訝地望著我雙眼。他看到甚麼呢？或許察覺到我做不實用的事情的神聖，看到那選擇圖書，而不是錢的女孩的純潔吧。

我也望著丈夫的雙眼。我想，我們將會生一個可愛又神聖的小孩。

# 枯花

那時候，因為出遠門，花沒有人打理，枯萎，死了。

不用那麼傷心啊，反正，有人打理，它最終還得死——就像人一樣啊，哈哈哈。當時男朋友這樣安慰我。

可是我覺得花死和人死還是不同的。死了的玫瑰和死了的鬱金香，很久以後，我們還能看出它是玫瑰或鬱金香啊。人就不同了，一個月就成白骨了，單憑肉眼，誰也分不出誰。——我這樣回答。

不，就算你死了，憑我對你的愛，我一定能認出你的，一定！那時，他這樣對我說。當時他把我擁入懷，我覺得自己真是世界最幸福的女人啊。

所以當我在眾人的圍觀下，從鬱金香園的泥土下被掘起來的時候，他將會憑他對我的愛，把我認出來，擁抱著我吧。

我出來的時候，看著這遍鬱金香園，覺得花實在太美麗了。花還是活著的好。

看他發紫的臉，想必認出我了。我想，他在將會把我擁入懷吧？

# 蘋果

儘管她的家人能打開她的電話和電腦，卻意外地怎麼搜尋也無法找出一張合用的照片——意外地。幸好她有很多朋友。家人便無可奈何地尋求於她的朋友。最後其中僅有的照片被貼在禮堂上。

「她的笑容、她的開朗、率真與善良為她帶來無數朋友，得到別人的喜愛……我們將永遠懷念她。」她的兄長在禮堂中心，背對著她，面對著一眾黑色的來賓，邊哭泣邊讀出她的生平。

聽說人有兩次死亡。第一次是肉體死亡，但那人還在人們的記憶裡活著，等到真的沒有人記得、沒有人知道，那人就真的死了——第二次死亡。

那麼，她再一次以一個開朗的軀殼在大家的心裡活著吧？

……

一星期前的夜晚，我夢到她垂著淚，心事重重地低著頭。但在所有儀式完成後的晚上我夢到一副微笑的骷髏。那是她嗎？骷髏在笑，但他（她？）沒有肉體與毛髮，看不出面容，認不出是誰。

……

我想為她寫一篇文章，紀念她，讓我們永遠記得她。然而，寫著寫著，才發現要寫出真實的她只會曝露她不想被人知道的秘密，於是就作罷了。

我對妻子說：人們盡力記住和她快樂的日子、她的笑容和開心，卻不知道他們歇力忘記的她的悲傷、難過和孤獨才是她最真實的部分。

我的妻子見我工作到深夜，為了慰勞我，拿來一個蘋果，削去它的外皮，給我吃。可是像她這樣技巧拙劣的人，在削蘋果外皮的時候，卻連果肉都一併削去，最後剩下那不能吃的核。

我把那個蘋果扔掉。

# 上吊的皇后

「魔鏡魔鏡，誰的樣子最美麗？」

魔鏡沒有發出任何聲音。

「魔鏡魔鏡，誰的樣子最美麗？」

魔鏡沒有發出任何聲音。

「魔鏡魔鏡，誰的樣子最美麗？」

魔鏡沒有發出任何聲音。

場面十分尷尬。美艷迫人的公主大發雷霆，厲聲問是誰獻上一塊垃圾。這時候矮人佞臣蹦到公主前，旋即五體投地趴跪，聲調怪異而高昂道：「公主息怒。這是忠臣啊！魔鏡明顯忠於上一任主人，才不願回答。假如上一任主人逝世，自然願意為天下無雙，德才兼備的公主效忠啊。」說完便動作誇張地扣拜五次，鼻尖都能接觸到天然大理石原塊打磨而成的城堡地階。本已嚇得只懂微顫的其他大臣，都立即跟隨佞臣的動作齊聲大叫：「請公主賜死皇后」。

幽暗潮濕的牢房裡，侍衛向虛弱的皇后畢恭畢敬地呈上了白綾一匹。

她的面前有一名衣著華貴的女子，身上縈繞著一道淡淡的白光，像是一隻定住了的螢火蟲。

這是她的女兒，白雪公主，雙膝脆地，雙手合什，對著皇后唸唸有詞。

她的矮人七侍從之一，一名戴著單片眼鏡的老者提醒她已唸完地藏經三次了，已足夠盡了女兒的孝道。

白雪公主當即住口，站起身來。數名侍女已趨前為她拍掃蓬鬆的傘裙。公主道：「母親，咒都給你唸多兩遍了，還不動手嗎？」說完，她看向自己春蔥般的指頭，盈白細嫩，頂端結著艷麗的花朵。那是七侍從替她特別調裝的紅色指甲油。他們用上千個蘋果的皮萃取出的紅色素，再混合十三個處女的鮮血，加上矮人秘法，調製而成的顏料。

她把左手張揚，向左邊傾側，頭也跟著相同的角度側向左邊，藉著穿透鐵欄柵的夜輝細賞。

「你勾引生父，殘殺國民。我當日心軟沒毒殺你這個禍國殃民的孽種，只把你關在牢裡……」白雪公主搶道：「對，所以我今天也把你關在這裡，對你很仁慈了吧。你跪著的位置就是我和父皇躺過的呢。」邊說邊緩緩地搓揉著自己的肚子。她的眼光移到無名指指甲上，一陣皺眉，喚來剛替她塗指甲女僕。

指甲上有一小處沒有塗抹好，未能遮蓋，露出了底下的本來模樣。她隨即對女僕扇上幾個耳光，把女僕打得吐血，才命近衛當場處死。

「母親，我實在沒想到讓你穿上燒紅的鐵鞋跳了一整晚的舞，還能如此生龍活虎呢。要不，這次戴上鐵手套？還是鐵頭盔？但不讓你醜陋地死去已是我最後給你的慈悲了。所以這次，嗯，我就求你吧，自己好好上吊，大家多省事呢。」

過了十來分鐘。

「唉，算啦。冥頑不靈。」公主對侍從打了兩下眼色，便開始把白綾掛起，將掙扎的皇后送進圈裡。

新的女僕已為公主重新抹好指甲油——像瘀血般暗而濃厚，但自帶一層寶石般的油亮，加上一些像幽魂般的微小白點散落，使公主每每不自覺地看著自己的指頭出神，眼光迸射出狂熱。

那層對瘀紅的狂熱，襯著月色，這次終於使她按捺不住。手指慢慢移近嘴唇，忘我地吸啜起來。

突然，白雪公主失去了知覺。重重地墜落在快將氣絕的皇后腳邊，她當日與父皇躺臥的地方。皇后趁機甩開驚呆的侍衛，逃離死亡。

暴虐的公主，就這樣死了。舉國歡騰。

由於王國沒有其他繼承人，眾大臣商議後，只餘釋放皇后一途，但他們都害怕皇后的報復，畢竟他們都曾要求公主把皇后賜死。

在登基大典上，皇后穿著裙襬極長至拖曳地面的禮服，經矮人侍者攙扶下，步履蹣跚，慢慢走向王座。

矮人佞臣再次獻上魔鏡，宣稱他是如何冒死為皇后保留這塊珍品。

殿內的大臣紛紛為佞臣緊張，更多的人是埋怨佞臣為甚麼無風起浪，深怕皇后遷怒大家。

皇后若有所思好一會，才道：「我都忘記自己曾有過這塊寶鏡了。它有甚麼用呢？」

佞臣一臉從容，微笑道：「請皇后站到鏡前，唸出咒語：『魔鏡魔鏡，誰的樣子最美麗？』就可以了。」

皇后再想了一想，才慢慢移到鏡前：「魔鏡魔鏡，誰的樣子最美麗？」

魔鏡沒有發出任何聲音。

侫臣緊接道：「最美麗之人，已顯現鏡前！」隨即跪倒地上，鼻尖緊貼地面。「我誓死效忠最美麗之人！」

其他大臣見狀，紛紛依樣畫葫蘆。

皇后鳳顏大悅，賞賜了大量金幣給矮人侫臣。

# 罪之問

「我本來不想再給予你任何機會，但在這漫長而無聊的地方，再浪費多一點點的生命予你這個可憐的男人，也沒甚麼不好。希望我這個決定會使你為我帶來一些樂趣吧。」魔王搖搖晃晃地把手指指向胸骨已經剖開，內臟早已流滿一地的男人。

說時，在至尊王座上面的惡魔之主，朱紅色的眼睛變得更紅，像有鮮活的血液注入一般。漫長無聊的生命使他說話十分十分沉緩，每說一句都好像使大地更為下沉。與其說話的力量毫不相稱的是，他的另一隻手托著頭，使得頭面半歪。

「想殺掉孕婦的人，是最邪惡的！」男人咬牙切齒地大吼。由於胸口已被剖開，他必須用極大的力氣呼吸與咆哮，才能發聲。即使如此，語句還是斷斷續續無法連貫。

「啊啊？原因呢？」慵懶的魔王好像不太感興趣的應答了一聲。

以下是男人的回答：

他們色慾！肆意放縱自己暴力的原慾！追求肉體帶來的快感！

他們暴食！沉溺於吞噬無辜靈魂的滿足！享受殺戮引致的刺激！

他們強欲！過度追求權力上的優越！渴望以施暴人身來掩蓋自卑！

他們憤怒！嬲怒他人得到天主的祝福！遷移他們討厭自己誕生在世的怨憤！

他們妒忌！嫉妒他人得到人間真愛！奪取他人傳宗接代的權利！

他們傲慢！陶醉於過度膨脹的自我！以為可以執掌不屬於他們的生死大權！

「看吧！惡魔，我贏了！我之前講的人都只是犯上七宗罪的其中一項，他們，他們，他們，想殺掉孕婦的行為，就幾乎全都犯上了！」男人覺得自己終於在這場遊戲中戰勝了他一生致力消滅的東西，以致即使話速過急而不斷被鮮血嗆到喉嚨的痛苦也渾然不覺，奮力地一字一字把話語怒吼出來。

「嗯嗯，的確我本來的問題是，你能不能列舉一個行為是同時犯上了幾種罪。哈哈，哈哈哈，沒想到還真的讓你想到了。自從問起這個問題，幾百年來你算是第一個，有趣的人兒啊。」魔王笑得甚是爽快，似乎忘了在這場正邪之爭中已然敗落的事實。

「按你所言，看來他們好像只是沒犯上怠惰之罪，畢竟他們毫不浪費時間，孜孜不倦地去侵害那些幸福而無辜之人。」托著頭的魔王首次把頭顱正起來，半張的右手手指掩蓋著鼻子以下的半邊面，鮮紅的眼睛張大起來，頗像一個在林中捉蟋蟀的孩子——首次發現一件有趣的玩具的樣子。

「對啊，比起我來說，你不是更應該懲罰那些大罪人嗎？至少！至少！他們應該比我更痛苦才對啊！哈哈哈哈」男人有種近乎瘋狂的笑聲。

「不過，我有個問題，為甚麼世界上存在這種大罪人呢？」魔王收起微笑，懶懶地接著道。

男人的笑容一下子僵住了。

魔王慢慢地說：「我還是要處罰你。」

男人：「不，你不能！我在約定中回答了你的問題，我成功了！惡魔！你不能因為我沒有施予援手而處罰我！你要遵守承諾！」

「不，我不是因為你是具有信仰之人卻對那位孕婦袖手旁觀而處罰你，我只是因為想處罰你而處罰你。既然你在世間信奉的規條你都遵守不了，那你又為甚麼覺得那些規條可以限制比你更高尚的我呢？你，是不是忘了這裡的主人是誰了。」

「高尚？你這食言的惡魔！」男人惡狠狠地道。

「高尚！罪人，我問一問你，你記起我在這裡的工作是甚麼嗎？我可是很忠實地每天實行我的信仰——處罰我認為有罪的人啊。你在我面前大剌剌地說出自己的罪，還毫不羞恥的想透過指出他人之罪來迴避罪責。你不就是那種，怎麼說呢，嗯？無可救藥的大罪人了嗎？」魔王微笑著，慢慢地說出他的理由。

「你呢？你在生時有好好努力追求真善美嗎？」

「有！有！我有！」地獄的業火使得他每一下呼吸都像浸泡在熔岩裡。或者真的終於受不了地獄的煎熬，男人現在好像真的瘋了，只是不斷重覆「有」字。

「有趣有趣……墮落之人，居然天真地相信惡魔之言。還妄想以為可以跟我平起平坐。」看到面前的男人臉紅耳赤，彷彿血從七竅中湧出。魔王開始明白，為甚麼七宗罪裡不必明列謀殺一項。

魔王的手指憑空一揮，男人的喉嚨便噴湧鮮血，似乎再無必要聽他再說任何的話。

# 泥

太陽把綠草地曬得像鋪上一層油，涼風中和了秋天的陽光，彷彿兩個溫文儒雅的人在爭執，互相角力，卻仍然和諧。

他與幾個朋友相約到草地玩，唯獨他提早來到，看不見任何人。大樹旁剛好離開樹蔭的位置放了一個晾衣桿，垂著一張純白色的棉被。他想，如果下雪，樹、草地、天空都是白色的時候，就看不到棉被了。

他回頭看，朋友還未到。究竟是他太早，還是朋友太遲？他不知道。他突然覺得，就算等到冬天，朋友也未必會來。於是他走到棉被旁邊，一隻手捏它、握它，像抱著溫馴的白兔一樣。

地上有一條樹枝。他忽發奇想，拾起樹枝，在地上挖了泥巴，把它伸進晾起的、摺疊著的棉被內。就在伸進去的那刻，他憶起了兒時在家中庭園和雙親堆雪人的景象。

他把樹枝從棉被抽出來，丟到地上。樹枝落在草地時沒有碰撞出聲音，如同母親將初生的小孩放在柔軟的棉被上。他心中湧出一種做壞事的羞恥心，跑走了。

他不知道，朋友最終沒有來。

# 橋

關於這道橋的故事，怎麼說呢？已經無從稽考了。版本太多，孰真孰假已不能考究。其實你也不用太介懷，反正就是一男一女的愛戀的終結吧？兩人是誰、甚麼樣的愛、怎樣的經過？實在太多說法。但神奇的是，每個版本的結局都是相同的——你說厲害吧？

你說很特別？真的……以訛傳訛嘛，應是愈傳愈誇張的，但唯獨這個橋的故事的結尾是眾口一致……嗯，那大概是真的吧？或許，過去真的發生了甚麼事吧？

果然！你想知道故事的結尾吧？結尾是這樣的：

男女就在橋的一邊。

「過去吧。」女子說。

「唔？甚麼？」他說，看著眼前這道橋，似乎疑惑著：對面有甚麼啊？

「過去吧，可以嗎？」她催促他。

他不知道過去有甚麼，只聽她的，走過橋去。到了橋的另一邊，他看看周圍的風景：「過去了。」

橋的另一頭，是他從未去過的地方。

「過去了。」他又說，聽不到女子的回應，他回頭望。

沒有人。

男子楞著一會，他好像明白甚麼，他意識到橋的另一頭，才是他要去的地方。

故事就這樣完結了。

嗯？你喜歡這個故事的結尾？那就好了。

有人說過不拆這道橋，是個錯誤吧？很難想像在這個寸金尺土的住宅區，有這麼一個既不是休閒，又不是商業的建築。以橋來說，明顯太小了，人走過去，十幾步就走完；以擺設來說，又嫌太大，雖然有些歷史，但沒有甚麼建築特色，說不上名勝古跡。但說它是個錯誤，最大問題還是它的設計失敗——橋的對面沒多遠就是盡頭：正面望是牆，左右只有住宅與住宅相背——甚麼都沒有。

啊？你也覺得留著是有原因的嗎？我也這麼覺得啊，真是有緣……

據說，人們把它留著，是因為過去有故事。

你不試試嗎？

# 夢境

（一）

她在那書店兼咖啡室和朋友敘舊。她們除工作煩惱，就連生活瑣碎事，統統都聊得不亦樂乎。黑咖啡送來時，不知她們聊到甚麼，她說她在夢境中能意識到自己在發夢，據說只有智商高的人才做到。

幾天後，她與平時一樣在暢遊夢境時，途中遇到年紀相若的男人，男人的臉靠很近，他的鼻輕輕碰到她的鼻，近得幾乎可以親吻。「你是誰？」她問。男人沒有回答，消失了。

又有一晚，她夢到自己在森林，是陰森恐怖的還是生機盎然的已經忘了，但又遇上那個男人。男人的臉又向她靠近，他們四目相視，她還未來得及問他的名字時，他又不見了。

「你沒有試過這樣的經歷嗎？在現實中突然有那麼一刹，覺得那是在夢裡見過的情境……」她回想起這家文藝咖啡室之前辦的一個講座的內容，覺得自己像預言家正確預測出未來一樣，產生一種與眾不同的優越感。

聽講座那天，她同樣喝著黑咖啡。

（二）

將近一星期沒有再夢見那個男人，她感到失落。

畢竟只是夢中人，她無法記起那人的臉，只依稀記得輪廓，好像也不怎麼帥，但在夢裡連續出現，本身就足以讓她對那人朝思暮想。

某日，她在平常走慣的路上迎面碰上一個男人，與他四目交投時，那種現實與夢境重疊的感覺忽然湧上，使她不自覺地在路中心發出「啊！」一聲。她肯定他就是夢中人。周圍的人有的停下腳步偷看一下，有的在笑，她也察覺到了，不禁覺得羞恥起來。但就在一兩秒後，站在幾步遠的夢中人對她說：「你……還好嗎？」她無法遮蓋自己羞赧的臉。

他們交往起來。他們吃過飯，去過主題樂園、電影院、海傍。她近期再沒有發到遇到他的夢，或許夢已經實現了吧？她把他帶到自己的家。

她第一次帶男朋友到家。她為他烹調，因過於緊張不小心被刀劃到，流了血。他立即從電視機下的抽屜取出膠布，為她包上。晚上，他們都在床上。她的背慢慢往床上躺下，他也順著她躺下的速度，面向著她，漸漸倒下去。

她完全躺在床上。她嗅到他的頸有一股微微的咖啡香。在她的鼻與他的鼻相碰、眼眸定睛互看時，他的手不自覺地碰到她包了膠布的手指。她突然像觸電一般，想起了那放在電視機下抽屜內的膠布，那是夾在眾多卡通收藏品之中的特別版膠布。

那股現實與夢境重疊的感覺又湧出來。她就像躺在黑暗的森林一樣，雙眼看著他，問：「你是誰？」

（一・五）

「你沒有試過這樣的經歷嗎？在現實中突然有那麼一剎，覺得那是在夢裡見過的情境。你會不禁懷疑，眼前的景象究竟是現實還是夢裡。」他聽到那個文藝講座的講者這樣說。

但他只聽得個大概。在這家咖啡室工作不算忙，唯獨舉辦文藝講座的日子，吸引一大群文藝青年前來，他就這些日子最忙。

他早注意到遠處一檯那女生。在他捧一杯黑咖啡到那裡去時，聽得她說她在夢境中能意識到自己在發夢，又說只有智商高的人才做到。他內心會心微笑一下，瞥見她笑容可愛，他忍不住在內心想像她的性格：樂觀、親切、友善——他愛上她。

她走了之後，他用了個藉口早退，尾隨她。兩三日後，他已掌握她的住處、工作地方與生活習慣。他潛入了她的家。翻她的雪櫃，了解她的飲食習慣；打開她的抽屜與衣櫃，得到她的三圍與喜好；翻她的簿，從她的字跡想像她的為人；看她看的書，使自己可以高攀她……

在她睡覺時，他爬上她的床，他的鼻輕輕碰到她的鼻，近得幾乎可以親吻時，她矇矇朧朧地問「你是誰？」。他嚇了一跳，內心頓時慌張起來，逃遁了。

幾天後，他又潛入她的家，嘗試在她睡覺後親吻她，卻又失敗了。這次他肯定她雙目張開，看到了他，他唯有再次逃走。

一陣驚慌過後，他終於冷靜下來。他知道自己已經不能再見她——不能在夜晚見她。

# 眾女嫉余之蛾眉兮

在一間日本餐廳的包廂裡，長桌上放置了五套餐具，其中一套整齊如新。卡座左邊的女人挽起了寬鬆的白襯衣衣袖，露出了一截小麥色的手臂舉起酒杯說道：「你們有見到瑪莉亞的男友嗎？」眾女也急忙提起酒杯象徵性地碰了一下，連連點頭。

在一輪歡聲笑語中，穿著鮮粉色運動套裝的少女接著道：「你是說她的新男友嗎？」大眼睛一眨一眨的，甚是可愛。

空氣像是遲疑了半秒。

「新？新的嗎？可能是吧？」接話的是一個年紀稍長的女性，但也不大，就初熟的模樣。最讓人印象深刻的不是她身穿一條深紫色連身風琴裙配上一條橙色腰帶，而是她的眼妝與唇妝都畫向上翹，配合她的短髮，使她的艷麗添上銳利的氣息。答話的同時，她的眼睛也同樣骨碌碌地打轉，嘴角下撇，怪笑了一下。

「喂喂，短頭髮的嘛。」新說話的人挺了挺胸，將吊帶背心內的胸脯肉更為推擠到黑色真皮皮衣上。她的眼、臉彷彿也像受到擠壓一樣而歪扭起來。

「哎呀，」白襯衣的少婦把嗓音提了一提，「你不是廢話嗎？哪個男人不是短頭髮的？」邊說邊把她的高球帽脫下，解開髮圈，甩動左手把栗金色的頭髮往後撥了幾撥。

話音一落，眾女都哄笑起來。此時，其中一個女人提著皮衣衣領扇起涼來，使得她的紅銅色大波浪捲髮也揚起舞來：「倒也不是啊，有好些都禿了吧。」原本漸止的哄笑聲再轉為高亢。

「啊！你是在笑我老公不成？」套著兩隻銀鐲的手，穿過運動套裝的橡筋袖子，憑空作狀打了隔座的皮衣女。

女人們互打眼色，眼神含著笑意。

又一次的乾杯後，終於再無笑聲。

「哎吔，剛剛，剛剛，講的是短髮的吧？」運動套裝的主人再次發著嬌柔的娃娃聲，向其他人撒嬌。

剩下的人都把目光投向紫衣女。她翻了個白眼道：「當然，」頓了頓道：「不是啦！你真的要畫公仔畫出腸的嘛。這麼蠢的。」

「即是……又……換了啦？」娃娃聲夾雜著驚嘆的味道再次響起。

「不說啦，不說啦，」紫衣女連忙道，隨即又補了句：「除非……這頓飯是你的。」

娃娃音霎時變得更為嬌柔，帶著氣流噴發的笑聲：「姐姐你是圖這麼點飯錢的人麼？不過你能高興的話，就我請客囉。」說完嘴角的笑意更濃，聲音略低地補了一句：「反正不就我那死相的錢。多花點多花點，沒差。」

紅髮女似乎真的太熱，把皮衣脫下，露出那一雙白耦般的手臂，與她的紅髮襯合起來很勾人。她說道：「講得好，老婆娶回家就是要花老公的錢。來，來一圈。」提起酒杯，在空中虛敬了一下，一飲而盡。

其他幾人都拿起酒杯喝起來，但都毋須添酒。

紫衣女從暗橘色魔鬼魚皮圓形手袋裡拿出一根 Tom Ford #16 的唇膏，慢悠悠地轉動，對著鏡子在仔細地補上兩小筆，她平淡的聲音在劃到唇內側時發出：「你見到的那個已經是前兩個的啦，最近的兩個都是長頭髮的。」

粉紅色的手袖正拿著酒瓶為其他人添酒，她的主人把眼睛睜得大大的，以致為紅髮女添的酒灑出了一點點。

「她還厲害了，一個是長直髮的，一個是長捲髮的。長直髮那個啦，啊，真有點年代感。」紫衣女淡淡地再補一句。

「姐姐你不能這麼說啦，人家只是想追逐回學生時代的叛逆感啦。你沒覺得她就是那種……嗯……反叛女孩的底子嗎？」

「對對對，」襯衣女聽到後立即放下筷子說道：「嫁現在這老公就怎麼都跟她配不起來。一動一靜，一呆一明……」

「她手上的鑽戒不就說明了嗎？有了鑽石誰還在乎老公怎樣啊。」紫衣女打斷道。「姐姐說的真對！」娃娃聲終於找到一個場合可以附和起來。

此時四人的手機一起震動了一下，訊息顯示：「我剛剛加完班，現在在趕過來。」還附上一串表情符號，不過在橫屏預讀中無法顯示。

「喂，你是不是在ＸＸ商場裡見到的？」紅髮女把眼尾的餘光收回來後，不斷對在用紙巾擦拭酒杯和桌面的年輕女郎揚眉。

「哈？不是啊，我是在戲院附近看到的。看到她跟一個男的拖著手呢。多不要面啊。」

緊接著四人七嘴八舌交換情節，說著自己在哪裡撞破瑪莉亞的好事。有在海邊，有在公園，也有的是晚間的山頂和日間的博物館。最震撼的一次，要數襯衣女打完高爾夫球後，到酒店與人吃下午茶時，看到瑪莉亞跟一個二十來歲的略胖男生在酒店櫃枱登記入住。

「她老公是不是……是不是……沒用？她怎麼能吃得下這麼多？」一連幾塊的吞食魚片沾著醬油送到襯衣女的嘴裡，用力地嚼了幾口，彷彿有股腥味盈滿口腔。

「沒告訴過你嗎？他們分房睡的，一開始就是了。」

「那還結啥婚呢？」

「剛不就講了，她那隻三卡鑽戒不會說話都能閃瞎你吧。」紫衣女斬釘截鐵地說。

「姐，我講的是她老……」

突然，趟門打開，打斷了粉紅女郎的說話。瑪莉亞來了，後面跟著一個短燙頭的男性。看來比眾人都年輕，應該只有穿運動套裝的粉紅女郎跟他差不多年紀。

瑪莉亞是一個化著素淡妝容，皮膚稍黑，單眼皮，眼睛細長，睫毛有點雜亂的女性。身材嬌小，留著一頭普通得不能再普通的黑色長直髮。頭戴著一頂棒球帽，身穿黑色的T恤、淺藍色牛仔褲，配上她的面容，使她看來比實際年輕，像個大學剛畢業的女生。開門後說了一句：「喂，是不是等我很久了。我終於到啦，這位是湯馬士，我同事。」說話甚是開朗。

眾女都對突如其來的男士置以注目禮，不過眼光也沒停留在他身上很久。因為這實在不是一個具吸引力的男人，樣貌只可以說是平凡，身材略胖，衣服更是讓人沒一點值得注意的地方。

「加班太凶了，看他可憐，就帶他到我的趴上吃飯了，你們不介意吧。」瑪莉亞說。

「沒事沒事，歡迎。」紫衣女語調溫柔地道，再配上一個和諧的微笑。她注意到那名叫湯馬士的男人在她精緻的面容上注視了三秒才把眼神移開。

「先喝一杯才對吧。」紅髮女插上一句。眾人一頓叫好，便把清酒喝光了。

「小帥哥是做甚麼的？」坐在湯馬士旁邊的粉紅女郎，她的娃娃音再度響起，聽起來比之前的更加溫軟。

湯馬士遲疑了很久才答話：「我……我是瑪莉亞的同事，跟她同公司，不同部門。」在眾女以為說話還會繼續的時候，對話就這樣終止了。

紅髮女不斷用手指撓著頭髮說：「那你到底是做甚麼的？」

「我……做的人力資源部，畢業一年沒找到工作，剛入職兩……三個月。」湯馬士生澀地說，目光停在她豐滿的胸部。

襯衣女還在玩手機。放下手機後，拿出了鏡子整理了一下瀏海和鬢髮，然後對湯馬士來了個燦爛的微笑，使他又再低下頭喝起茶來。此時，眾人也先後查看和回覆了手機。

之後，宴席來到收禮物，吃蛋糕，拍拍照的各種常態時刻。宴席內容實在無所好記，因為湯馬士這個不速之客，使得整個宴會在緊張與尷尬中度過。雖然，湯馬士並不覺得。他只覺得這群初次見面的女性嫵媚、親切、美麗、性感。

九點半的時候，瑪莉亞說是明天還要上班，帶著湯馬士提前離開了宴會。眾女還留在包廂裡：「這麼不要臉還是第一次見識到。」「除了年青點真不知道有甚麼好。」「他穿的是H&M耶，碰到的話我要吐了。」其中，只有襯衣女一直在玩手機。

眾女的手機一起震動，在她們的專屬群組中的「瑪莉亞」說：「今晚謝謝你們呢，我永遠都愛你們，好姊妹。今次抱歉啊，工作實在太忙了。」後面是一連串「親吻」和「紅心」的圖像。

「嗤，真不知道甚麼才是她的『工作』呢。」紅髮女道。

同時，襯衣女的屏幕橫幅則順序再彈出了四句：「開心就好了啦。」、「就是這樣，才方便啊，不是嗎？」、「你剛剛的表演很好啊，很吸引他呢。」和最後的「沒想到一教你就這麼厲害，我有點妒忌了。」

# 叉燒

「就此刻來說，大家覺得自己的人生如何？」我問，並夾了一塊肥瘦適中的叉燒，毫不客氣一口吃掉。果然，口感和味道都是頂級的。

跟我同檯的成功人士露出認真思考的樣子。

「我覺得我的人生是艘在海中航行的船，有時安於風平浪靜，有時遇上海浪翻湧，曾經在大海迷失，但總找到方向。」

「人生像四季。花開花落，枯榮有時。」

「所謂人生，就是一趟旅程。」

「你呢？」其中一人問。

我聽得全檯安靜了，方知道那個「你」是指我。我的嘴角好像仍滲出一滴叉燒的油。

「啊！我嗎？我很了解自己的人生啊，毋須用比喻了。我目前的人生，就是夾了一塊肥瘦適中的叉燒，毫不客氣一口吃掉。果然，口感和味道都是頂級的。我打算再吃一塊。」

# 夜店

「可以借我火嗎？」在喧鬧幻閃得叫人作嘔的夜店裡，一個身穿黑色低胸連身蕾絲短裙的女人在我左後方。我並沒有聽到她說甚麼，只是看到她一臉笑意拿著煙。在這種塵俗的地方，還能有甚麼奇特的言語呢？又是一個無趣的人吧。

我想起我第一次抽吸香煙，也是個無趣的理由——失戀。安慰我的朋友，同性的，一個勁地叫我喝酒。他知道我不抽煙，所以也沒有遞給我。酒瓶空了，我只能無聊地看著他。看著他在酒吧裡點燃香煙。

「給我一根。」我開口。他遲疑，但沒話，默默遞上煙盒。透過那點火光，那一刻，我覺得，他的樣子很醜，真的，是連平庸也說不上的醜陋。滿臉疙瘩，沒點秀氣，也沒貴氣。長年吸煙的牙齒很黃。煙酒的氣味自然地沉積在身，燻得他沒品味的衣著更沒品味的感覺。不過，在這種庸俗的地方，還能有甚麼特殊的期望呢？

「你牙齒還挺白的。」這是她的第二句說話。我實在沒想到，這女人原來有點意思。

我決定為她點燃手中的幼長香煙，她的手指細長如蔥管。藉著火光，我看清了她的臉，如果忽略掉顴骨位置的雀斑，還算美。餘光映照在她暗紅色的裙子，襯托出膚質柔白。

「噗嗤，你不應該買這些老牌子的，你應該跟我一樣買爆珠的。」她的笑容皓白如月。

# 心臟

我不愛你了。
我只是總記掛著你，僅此，而已。
最近的一次是在夢裡。
是那麼的寧靜甚至沉悶，想要一丁點風和雨和落日與殘雲都沒有。
就是那麼普通的天，
如同那天你說要離開我的時候一樣。
我甚至起床後就忘記了具體的細節，
只記得那段抽搐的心痛。和依稀再現的那條白色裙子，嗯?還是藍白格子的?
不，你好像不喜歡穿裙子，應該是那條腰果花的短褲吧。
如果不是你，大概我一生中也沒有多少時間感受到心跳了。
忽然，我醒悟到，一個人要認識那個從出生開始就永無休止地跳個不停的心臟，原來不是靠摸向自己的胸口。
我霎時悲慟起來，它那麼的為了我活蹦亂跳，如同你當初為了我一樣。
我卻總在日常的時刻把你揮之則去。
我以為你會不再出現。

我以為我已經可以好好過活了。

對，你就像心臟一樣，時不時要對他的主人來一刀，才能宣示自己的存在吧。

這是你唯一在我生命裡再現的方式了。

我摸一摸胸口，它在微弱地跳動。

窗外仍是昨天那麼的濕熱、悶毒和緊實與凝滯。

# 跑

我們五個比賽誰跑得最快：跑到河堤的對岸。

三月初的春天，空氣仍帶有冬天的微冷，雪早已消失不見，河堤兩岸的草像生長在乾旱的硬地，沒有閃著油油的綠，還禿了幾塊，露出泥土。

「我們來比賽一下，誰最快跑到對岸！」一個同伴說。

「好好好！包尾的要做所有人的功課！」另一人說。

「跑第一的決定下次到哪玩！」另一同伴說。

「贊成！」大家興高采烈地和應著。還未決定開始的方式，我已經搶先所有人往遠處的橋跑去了。「我先！」「賴皮！」「不行不行！」……

我不斷跑，聽到他們在我後面一邊叫嚷一邊跑。沉穩的風擦過我的身體，頭頂上的灰藍色不知是雲還是天空。在上空掠過的，不知是鳥還是對岸放的風箏。我不斷跑，漸漸聽不到背後同伴的聲音，只聽到自己的呼吸聲。

我跑到橋。人群堆在路上，圍著一輛剷上了行人路的車。人群很高，有人在打電話，幾個大人議論紛紛，聽不到他們說甚麼，裡面傳來哭聲，幾個小孩的哭聲。

我跑到河堤的對岸。沒有人。我知道這已經是秋天了。烈焰般的日落照在河邊稀疏的蘆葦上，竟紅得像彼岸花一樣。河流上飄著落葉，彷彿提醒人們眼前的是河而不是火。我往後看，他們還沒有來。

我等不到同伴來了，只好回頭跑。橋上沒有車和人，在與河堤的轉角處多了一塊石碑，上面有些字，碑前擺了幾束早已枯萎的花。

當我跑到對岸，天空飄起雪來。

# 肺病

「好不安……好怕……」

「我心情好差。」

「最近我在谷底，我想還會爬出來的，但現在還不能。」

「痛苦……每日都痛苦……」

這群組真好呢，就像個深淵，讓不安的我可窺探黑暗。這個深淵真好。但它又不像個深淵，只要投下黑暗的情緒總會一呼百應，其實是座鄰居互幫助的大廈吧？

「我抑鬱。」

然而它也有得不到和應的時候啊。就是有人說自己抑鬱的時候。抑鬱是病啊，深淵可不是醫院，鄰居也不是醫生啊……

「聽說啊，以前的文人以患肺病為優雅，有時會故意染上，視為一種文人象徵呢……」

「好恐怖啊！」

「有時也想惹個病死去好了。」

「唉……真的，也沒有不好。」

「以前是肺病，現在是抑鬱嗎？哈哈。」

「哈哈……也有可能，也是文人病啊。」

「哈哈……真好……真是文人啊你……呵呵……作家大人。」

深淵傳出的笑聲畢竟也是暗淡的。這深淵真好，大家都看不到對方，大家都匿名。那文人還留在深淵裡，一直都沒有離開，但也沒有和應別人呢。

他得了抑鬱吧？

# 整容

當我又把自己的臉劃破，血濺到地上時，他又問我怎麼傷害自己。

沒有啊，我是讓自己變漂亮。你沒有看到嗎？那棵三不五時被斬的樹，每次都會長出新的嫩芽。

醫生也說，捐肝的人，肝會再生。

新生的與原本的外貌啊，形狀啊，都不一樣。這樣，我不就有機會變得更美嗎？

他無言以對。

不如，我們結婚前拍一輯結婚照吧？

我把刀遞向他。

# 傷口

結痂成疤的傷口
數年
早已不再開封
是我
自以為是

對街一望
心念像失控的貨車
在神經左衝右突
幾乎把眼珠撞出

我知道不是他們
口罩外一點相似的輪廓
已把呼吸封乾

走過對街
我成為了石像
釘立，回望
欣賞陌生的他們俏皮地登上公車

我知道不是他們
我希望紅燈前守禮的貨車忽然失控
扭腰把我撞得粉碎
傷口也一同湮滅

# 維梅爾的藍

一位年青人登門造訪盛名天下的皮藝大師基斯，而他毫無疑問是眾多年青人崇拜的偶像。在僻靜的大屋裡，完結了那些客套而無謂的寒暄之後，年青人再無話可說。畢竟他們年歲已相差五十，藝術上就更不在同一個檔次。本來，對於基斯來說，這又是一個無聊的晚上——不過又是把無謂的客人有禮地請走，然後再到工作室製造皮具。當然，這些事做了幾十年，也不再真的無聊了。

然而，困頓與尷尬反而迫使出年青人僅存的勇氣，嗯，這也是年青的人在幾近一無所有的人生中，唯一可能勝於他人的地方吧。對基斯說出：「大師，你的皮具是我見過最獨特，且無法複製的。當然，無法複製的作品也不在少數，但最吸引人的是那些或陰或陽，明暗交替的皮色。我……我不懂怎麼形容，我只能說它們像是擁有自己的生命力一般肆意在皮裡張牙舞爪。我知道這是不入流的形容，但我真的想不到更好更專業的講法了。我……我知道你從未收人為徒，拒絕過很多有才之人，但……但……我仍……斗膽在此懇求你，」年輕人深吸了一口氣，穩定了情緒，便說道：「收我為徒吧，讓我知道你皮藝的秘密，雖然我沒有甚麼可以保證，但我願意擱下我的將來作賭注，我必定會讓你的技藝發揚光大的！」

「你是白癡嗎？你還挺自我的嘛。你這樣不就等於在問維梅爾，他的藍色是怎麼調配出來的嗎？還有，我的技藝早就經我發揚光大了吧，不然你來這裡求甚麼呢？」大師沒有望向年青人，眼珠斜向上盯，但目光不在那處，讓人無法得知聚焦在哪。兩隻弓起的食指在不斷互相繞圈，就像生命的紅線在互相糾纏，也像兩條龍在競相吞食。

年青人看到基斯一反招待時的態度，既傷心又落寞。縱使基斯剛剛並不算親切和熱情，甚至可以說平淡而疏隔，但至少仍然有所尊重。而現在則一副高高在上的態度，使年青人後悔那段衝口而出的話。

如果說剛剛像有一層簾幕阻隔，那麼現在就是有一堵清淨無垢的玻璃置於兩人之間。基斯彷彿是一尊美麗莊嚴的雕塑，年青人可以好好觀賞，卻永遠捉摸不到。

年輕人此時應該在想，如果自己沒有剛剛那一次不顧一切的吶喊，或許往後還能拜見這位偶像，慢慢接近，慢慢冰釋，在他身邊潛伏、守候。或許有一天還是能跟他有更進一步的接觸。或許有一天真正能登堂入室……

然而，在當下此刻，他怎麼想並不重要，他只是一個等待判決的人。諸多猜想並無意義，法槌敲下的一刻，就是他的真實。其實他也心理明白，毫無成就的自己，憑甚麼見識人家的獨門秘技呢？

基斯依然高仰著臉，目光依然停駐在天花板上，但又似能透射往外，遙望那本應看不見的天幕穹蒼。

年青人流露無限依戀的眼光。他不欲在基斯面前如此窩囊，為免親耳聽到所慕之人的判決，於是道：「大師……告辭了。」他預想他們來生不再相見，那句「後會有期」便怎樣也卡在喉嚨裡講不出去。低垂著頭的他默默地邁開腳步，小心翼翼避開傢俱，輕手輕腳朝大門走去。

正在玄關穿上皮靴之際，忽然傳來一陣沉緩的聲線：「你……我有讓你走嗎？」

年青人回過頭來，大概此刻的他面色仍然十分難堪，但雙手禁不住顫抖。心臟的跳動愈來愈急，整個口腔有股搔癢感。與基斯雙眼對接下，覺得其目光森寒如鐵。

緩慢得像隔了一個世紀的聲線沉如玄鐵再度響起：「你……有想成為藝術家嗎？」他覺得基斯一邊講一邊在點點頭的感覺：「就像維梅爾，他，默默無聞，三百年，晚年窮苦。你，能忍受嗎？」

基斯的提問不禁令年青人的腦袋稍為降溫。不過，吞嚥一下無法抑制的唾液後，他仍然很快接口道：「我學習了你的技藝，還會餓死嗎？不……不可能吧？我，我，我真的會認真學習的。我保證！」再愚笨的人都知道，不抓住這次機會，便不會再有然後了。年青人只好硬著頭皮回應。

一個只有二十歲的人，沒想過如此深遠的事，著實不能責怪。

屋外開始刮起風，秋夜的寒氣滲入，吹動起來的窗簾像劇院開場的帷幕漸次散滑。

基斯好像嘆了口氣：「看來你還不清楚自己要踏入甚麼領域。或許，你真的要知道點甚麼，才決定自己能不能接受。」頓了頓續道：「接受自己，成為一個藝術家。」說完後便站起來，往大廳左側一道意大利風格的咖啡色木門走去，臨開門之際，他的手搭在門把上好一會，才慢慢向下扭。

「依啊」之聲過後，轉往年青人招了招手。

壁爐的火光打在牆身，使得基斯的身軀面目都被陰影遮蔽，影子卻又被延伸至極。巨大的手影像柳條扶風一樣撩撥著年青人。

厚重的房門開了，空間頗大，像個黑漆的洞穴一樣，火光也只能映照到房門附近的地板。年青人隱約看到裡頭的地面中間空出一塊。

手影又再向年青人搖動。陰影裡的基斯彷彿在笑，又好像沒有。

年青人的雙腿像是不受自己控制般朝基斯走去。可能是受到突如其來的冷風吹拂多時，他的腿明顯在抖震，每走一步他也感到自己的牙齒在互相打磨。口鼻透出的氣息在溫潤著冰寒的肌膚。

基斯已經走進房間，身形很快消失於黑暗中。年青人趕緊跟從，但進入房間前，他瞥見門把位置有點斑駁的色彩，一些深啡色油彩的樣子。火光的掩映下，看起來與基斯的皮製品色彩相近。不過明顯地比起皮製品來說，色彩的變化和形體的塑造都簡單得多，並沒有那種奪人心魄的生命力，更有明顯的清洗痕跡。

年青人心想，看來基斯也是作過各種嘗試，才能研究出這種獨一無二的技術。念及此處，他的內心像有一股電流注入。因為他即將成為世間上唯一一個可以窺見這一奧秘的人，相信其臉上也禁不住流露出雀躍之色，可惜的是，他已然全然融入房間的黑，無從得見。

# 聆聽

她又找我吃飯，但我知道吃飯不是重點。

「好多謝你聽我講這麼多話，我現在內心舒服多了。」

「不用謝謝。」

「沒人有你這麼包容，這麼讓我暢所欲言。連我老公也不行。」

「我想我只是比較願意聆聽吧？人生還是很美好的。」

「為甚麼你能這麼好。」

「每個人都需要心靈滿足的嘛，記得有事想說，叫上我就好。」

她以為我在幫她解決煩惱，其實我們是各取所需罷了。

有甚麼比人性的黑暗面更能讓人感到興奮，更能讓人牙關打顫，手腳抽動呢。她不知道只說不做，只說不改，只會讓她愈來愈墮落。有甚麼比起笑臉相迎而令人墮落這事讓人更感受到人生的意義呢。

# 作者已死

## （一）

「當一切彷彿一帆風順時，一個雷電劈下，將他打死了。」

「唉啊，這個男主角，剛訂下婚約，還未等孩子出生就遇意外死了。」女人說。從她語氣得知，她對主人公產生了憐憫之情。然而，這種憐憫之情立即轉變成對我的憤怒。從她語氣得知，她的憤怒是真實的。「你真冷血，安排這個雷電，讓他死得不明不白……」

我無辜的。我很想為自己這樣辯解，可是，為了她的感受，為了讓她知道我不是個冷血的人，我不得不把結局改寫。我果然是個沒有主見的作家。

「當一切彷彿一帆風順時，他突然從崖邊跳下，死了。」

「唉啊，還不是一樣？」她語帶諷刺地說。

「哪裡一樣？」

「哪裡不一樣？」

唉啊。原來她看不出來。

「如果雷電將他劈死，那就是我冷血。如果自殺，就是他自己選擇。那跟我有何關係呢？你沒聽過作者已死嗎？我死了，怎麼阻止他自殺？」

（二）

在他將這系列小說的第五集付梓時，他的收入已經是當初的一千倍。儘管賣書收入微薄，但各國翻譯、電影改版、動畫化、遊戲化，無數商業活動、講座，為他帶來豐厚的資產。沒有人關心他從捉襟見肘的孱弱書生進化成如今肚滿腸肥的富戶的奮鬥歷程，只希望他不要早死，因為，萬一他死了（而且是意外早死），那故事發展和書中人的下場就不得而知。

「我和很多朋友都很好奇，為甚麼主角最後會這樣選擇？老師，你當初是懷著怎樣的心情寫的？我真的很期待下一集。」一個座談會上，在百多隻提問的手裡被有幸抽中的讀者問。周圍閃著無數的閃光燈。

他輕皺一下眉頭，露出一副古怪的臉，說：「你說甚麼啊？甚麼選擇？甚麼怎麼寫啊？」他像派了禮物的聖誕老人一般，臉上浮現了「呵呵」的表情。

「欸，就是第五集最後，他……嗯哼，我怕劇透了……就是主角為甚麼，會做那個，嗯，舉動？」讀者遲疑地說，比了一個沉思者的手勢。

他試圖進入他故事裡主角的思緒裡，然後回答：「我怎麼知道？他選的！你不問他？哈哈！」

會場迴蕩著他響亮的笑聲。

（三）

「我朋友失戀。自殺未遂。」她在 LINE 傳來這個訊息。我試圖想像她的語氣，使這句陳述更富於感情——至少，那聽起來是朋友，而不是不知道的哪個誰去自殺。

「請你把你朋友的事詳細告訴我。」我說。儘管我想把我富於感情的狀態壓抑住——至少，這句祈使句看起來只是一句祈使句——但她已猜到我的語氣。

「你不覺得你像賊嗎？」

「為甚麼？」

「因為你偷別人的人生，把它寫成故事。」

「唉啊，那是歷史學家的事。我是文學家——不，只是寫故事的。我是歪曲它的，刪減它的。你不知道作者已死嗎？她，不是還沒死？」

於是我把她的故事寫成故事。我期望她有個美好的未來，美滿的人生。我還想繼續了解她的故事啊！

以後，請你把你朋友的事告訴我。

# 婚姻

「婚姻不應該像他一樣經營。」我說。

「如果抱持這種態度結婚，不論愛情還是感情，終將消逝。」我續說。

「你意思是他們會離婚？」

「這難說——老實說，是看不出來。畢竟維持一段關係，不單只是情感的考慮。」

「那不如你也結一場婚？既然你這麼會婚姻這件事。」疑惑的語氣包裹著她充滿渴望的眼神。

我能看出那種故作鎮靜的試探。

我當刻是這樣想的：我能欣賞花的美麗，但不會折毀它，再種在自家的花瓶。然後看著它淡淡地日復日地枯萎。我不是那種控制狂。或者說，我不想成為那種控制狂。你會發現，有些時候，你只適合當個觀者，不一定是旁觀，直直地觀，滲入其中去觀也可，但就是不可觸碰。碰到的那一刻，那件美麗的物事彷彿有了腐朽的氣息。

不是那東西改了，而是你存在了。你就只能跟它各自在那麼個特定的距離爭妍鬥麗。

想著想著，我看到她熱渴的眼光。我便只可以對著她微笑，說了聲：「我實在沒有這個福氣。」

然後她也微笑著對我說：「你連和我結婚的勇氣都沒有，怎麼做文學家？」大眼睛一眨一眨的。

……

# 乞丐

「不要走……求求你不要離開我……不要……」她哀求著我。

她讓我想起從前在學校學過憐憫這課題。那是小學的課文而已：颱風天下街角的紙箱裡有幾隻淋濕了的初生貓。「我」心生憐憫，帶牠們回家。

「為甚麼不憐憫一個乞丐呢？」當我看過很多悲天憫人的文章時才有這個念頭。說起來，我從不見過一篇可憐乞丐的文章。

我還記得車站外面常常有個乞丐，跪著要錢，所以我從不看過他的樣子。有一次，我和朋友經過車站，我由心渴望一腳踢走他裝滿零錢的乞討的盆，然後立即衝進車站。

我最後沒有踢走，只若無其事地經過——但如果可以，我想把貓帶回家的。

她又哀求我不要走。

「我覺得任何關係都不要乞求，乞求就是乞丐，有人愛乞丐嗎？」

我把她封鎖了。

# 鐵板燒

鏗鏗鏘鏘的金屬撞擊聲不斷傳入耳中，眾人卻沒有不悅之色，反而交頭接耳，流露期待的眼神。在煙霧彌漫之間，傳來一陣溫暖而親切的聲音：「這是你的雜錦蔬菜，請慢用。」頃刻，男人已轉身拿取新的食材。面前的中年男女同時提起木筷子，慢慢地把掛滿醬汁的椰菜放到嘴裡。還沒嚐到味道，撲鼻的醬油香已使人迷醉。

「老林，你真他媽的厲害。我不是說你的食物，當然，你做的菜也是頂好的，但我是說你剛剛的態度啊！裝得真像那些我在電視上看過的大師傅啊。」男人高聲說著，其他圍坐在鐵板旁邊的食客也一齊哄笑起來。

「你就別在人家新開的店裡這麼大聲的講髒話啦，失禮人家啊。」女人的聲音不大不小的，也不粗魯，對著剛好把四隻大虎蝦放在碟子上的廚師老林賠上個笑臉。

女人穿著的是一條鮮紅的魚尾包臀裙，上身穿著黑色薄紗長袖襯衣，外搭一件洗水紅色窄身騎士款皮衣。一頭栗色大波浪捲髮，配上一雙高跟羅馬涼鞋，垂掛著流蘇鞋帶。

男人則樸實得多，理了個小平頭，身上的黑色T恤掩蓋不少他肌肉發達的手臂，卻遮蓋不了他左手上的紋身——騎著高駿黑馬、青焰繚繞的亡靈騎士。啡黃色的皮夾克掛在椅背上，泥黃色的工裝褲配上一雙圓頭黑色皮鞋。

此時，老林把十分生猛的蝦子放到兩位面前檢視，手腳、尾巴仍在不斷跳動。

「哎呀，老婆，我們又不是在銀座、六本木那種高級的地方。你知不知道我跟老林多少年兄弟了？我們以前在部隊內做過多少事，捱過多少苦。今天來賀他開店啦，我這老兄弟就是要講幾句髒話來旺一旺場，操！」其他圍坐的客人也忍不住笑了起來。

「對啊，嫂子，老桂他就這樣的啦，見怪不怪。男人嘛，還是粗豪點，有點英雄氣慨好啊，可以好好保護你。我這種小店，做的街坊生意，鐵板燒嘛，熱熱鬧鬧才好。」說著，老林把蝦子收回來，把鐵鏟和叉子拿起，在面前交互撞擊、打磨，發出沁人心脾的響聲，準備大展身手。

既然主人家也開口了，女人只好閉上那抹上柑橘色唇膏的嬌艷嘴唇。此時老林的刀子按著虎蝦的口而叉子頂住尾部，放到佈滿熱油的鐵板上。

「唉，不過，林哥，聽我老公這樣說，你們以前工作還挺好的，為甚麼會突然辭職開店呢？」為免除尷尬，女人豐滿性感的嘴巴，再度張開來。

「他啊，說在部隊裡面悶，沒啥好幹的，說會把身體懶下來，受不了啊。」男人慢條斯理地從喝著生啤酒的嘴裡漏出幾句話。

老林沒怎麼答話，最具體的一句就是「我這人就是閒不下來。賤骨頭。」因為他正在用鋼叉按著虎蝦一開一合的嘴巴及受不了高溫而仍在彈動的尾部，使它盡量平躺受熱。眼光掃到老桂的老婆正因為椰菜的燙嘴而雙腳亂蹬。

「啊，不要，你怎麼能這樣對你兄弟的老婆，啊！」

「有甚麼不成，誰叫你穿得那麼騷，都老大不小的女人了，還穿個鮮紅色的在男人面前把屁股扭來扭去。」女人雙腳不斷蹬踢，上下彈動。他一把拉著女人的頭與肩，隨手把她翻過身去，幾根頭髮也被他硬生生扯斷下來。

蝦已經烤得半熟，蝦殼就像髹上一層漆，漸漸透出一片紅。老林把鑵子抵在額角，利落地將蝦頭部分的殼拔除。隨即一下子把虎蝦翻向底部，換上鋼刀，精確地把刀子插到肉與殼的一道細縫，逐一把身體部分的蝦殼與蝦足切除。豐滿的蝦肉讓老桂夫妻引頸以待，蝦油經熱力隨煙發散，令他們的口水都快要饞出檯上。

老林強吻了女人數次，親得她一臉口水，便動手把她的衣服——皮衣、襯衣、裙子、胸圍、涼鞋，都一一撕爛。

「他啊，三年前突然在部隊內看著看著那些視頻就動起心來學習了。我一開始還沒當一回事，操，後來我們都成為他的實驗品了，他媽的。」老桂邊嚼著滴著油脂的豬肉片邊說著。

「實驗品？甚麼意思？」可能著實有點熱，女人邊脫皮衣邊問。

女人不停尖叫，他便賞了她兩下耳光，又在肚子裡打了兩拳，喝令道：「臭女人，你的嘴巴今晚的用途只有一個，不要再亂叫。」她瑟縮一角，抽泣，隨即被拉過去。「幫我脫褲子。」像利劍一樣冰冷的聲音一字一音傳來，彷彿在她疼痛的身體上再劃上了幾刀。痛楚與驚恐讓她沒了思考，緩慢地把雙手靠向老林，在他的褲襠不停移動。

「哎啊，就是做菜這事啊，再怎麼厲害都要人試吃對不對？我是他鐵哥們，自然吃得最多，所以要說啊，他今天能開店我也有功勞。喂，老林，你說是不是？」老桂又吃了一口豬肉片，對著老林壞笑了幾聲。

「你這樣說多不好聽，說得好像林哥一開始害你吃了很多難吃的料理一樣。」女人賠著笑臉，舉起了面前的小酒杯敬了老林一下。

「這個倒也不是」，老桂把聲音提高了幾度後再說：「各位街坊，我可以保證這老小子是個廚藝天才，當年跟著我一起混，簡直是浪費了、耽誤了。他當年第一道菜拿給我吃的，就是這辣炒雜錦蔬菜，現在的味道嘛，進步了一點點，畢竟這裡環境再怎麼破都比我們部隊強多了，哈哈。好話我就不多說啦，舌頭長在大家嘴裡，你們知道的。」話音一落，老桂便把啤酒一乾而盡。

眾人都被他逗樂了，女人更是笑得花枝亂顫。「明明是好事，你就別說得好像很差一樣，甚麼實驗品，應該說是上賓才對。」原來女人笑起來臉上有個小酒窩。

「嫂子的嘴巴比你的好多了。」蝦肉在誘人的紅上，再透出一層金黃。老林快速地把蝦子一分為二，然後把不能吃的部分都完全去掉。這次只剩下一支晶瑩剔透的蝦身，和煎煮得酥香金黃的蝦頭。老林把做得完美的虎蝦貼心地分解成小份，在碟子上精緻地擺放。

老林再次擺出溫和的笑容，親切地講了一聲：「慢用」，雙手把食物恭敬地遞向夫婦二人。

「你不懂的啦，你們是得了一個世間的好廚師，我是失去了個工作的好兄弟。怎麼能不講幾句髒話。」老桂把蝦頭咬得吱吱作響，酥脆的蝦腳碎屑掉了不少到檯上。他仍在碎碎唸，不過就連他的老婆也聽不清他在說甚麼。

老林正在動刀把那塊有四吋厚的飛驒牛排的油脂切除，再把鹽和胡椒撒到表面。調味完備，開始把油倒上鐵板。

一陣粗獷的低沉的響叫撕裂了寂靜的空間。「幹你娘的。」老林粗魯地把女人的頭拉開，女人不斷像嗆到般咳嗽。老林作勢要打她，她立即把咳嗽忍住，再次低聲地啜泣起來。他轉身往一個被捆起來的男人走去，隨手拿起放在檯上的刀，把男人的手筋和腳筋切斷。這是他在部隊學習回來的拷問技巧。被堵住嘴的男人只能發出痛徹心扉而無用的慘叫。看著他在地上像蚯蚓般爬行掙扎，老林便再在他的身上踢上幾腳，任憑他匍匐蛇行。

當老林再回到女人身邊的時候，他用腳踢了踢還在啜泣的她，才彎腰在她耳邊講了幾句話，女人不住地點頭，眼淚如雨曬在地板上。

油已熱好，老林用鐵鏟把牛排放上去，隨即聽到表面被煎封的甘香。

女人往沙發上移動，慢慢地把手腳垂下、放鬆，頭別往側面不再抬起。老林慢慢走過去，靜得發黑的空間只聽到女人傳來一句「輕點」，又復歸無話。

只見老林快速地把牛排翻來翻去，讓每一面都煎熟。

「我以為自己也算不錯，沒想到林哥的技巧真的很好，看不出只學了三年。」女人由衷地讚美。「你懂甚麼，他像你就不能出來開店了。不過，他人太木訥了點，你看，這麼忙沒個女人幫忙不成。」男人連聲嘖嘖。老林把女人用毛巾再次捆起來，嘴巴也重新塞著毛巾，留在沙發上，便走向已然接近廚房的男人。「一定要女人的麼？」女人嘟起小嘴道。男人費勁地想站起來拿出抽屜的刀，可惜斷掉的手腳筋不能讓他如願。牛排已經煎好，老林拿起鋼刃，麻利地在牛排正中切開一刀，內裡的肉質殷紅如血，十分完美。老林在漆黑中打開抽屜，拿出利刀。男人只能發出最後的低吼，聲音便漸漸消失，鮮紅慢慢注滿地板。「你不懂，這種小店，一家人才有賺頭。要不你介紹些姊妹給他吧，就那個美華吧，挺合襯的。」老林一下，兩下，三下，四下，把兩小份牛排再分成八小塊，才放到碟子上。「你們別趁著我專心工作的時候就決定我的人生大事啊。我現在很享受作廚的快樂，不想禍害人家呢。」是老林今夜難得的一句說話。

「客人，請慢用。」

老桂夫婦在享用最後的芝士蒜香炒飯時，難得地有一抹芝士從優雅的老桂妻子口中掉到檯上，嚇得她輕聲驚呼了一下。老林即刻遞上一張紙巾。兩人相視而笑。「你個好小子真的不要我女人介紹個好姊妹給你嗎？」「不必了，你知道烹飪使我燃起對生命的激情，拍拖結婚這些事暫時沒有興趣。」「唉……也是，在部隊裡的時候你也是忽然就喜歡上這門手藝，忽然地好像整個人都精神起來了。唉……我也不好說甚麼了，不過也要想想往後的人生啊。」

「好啦好啦，我知道的啦。」老林掛著一抹親切的笑容，拍了拍好兄弟的肩膀，把他們夫婦送上計程車，關好門，目送車子離開，才走回店裡。

燈火闌珊的店內只剩下煙燻香。他拿起擱在洗滌槽的工具準備收好，發現鋼刀上仍沾有油脂和血污，便重新洗了一遍，再仔細地擦拭。廚房紙染上水痕，但再無一絲牛排的血水沾附。老林隨手把紙巾丟到旁邊的垃圾袋內，恰巧落到那張包著芝士的紙巾旁。昏暗的燈光下，顯得垃圾袋更黑更深，黑得像是一個可以把一切都吞噬掉的深淵。

＊《鐵板燒》的粵文版曾刊登於《迴響》第十五期

# 湖

朋友在湖的對岸向我揮手，嘴裡好像喊著甚麼。

怎麼聽到呢？距離那麼遠。

我把頭探進河裡。雪山下的湖水冰冷，我睜開眼，看不見魚，湖底清澈，只有一塊塊輪廓清晰的石頭。

水很寧靜。

我抬起頭。

你不把頭探進去看看嗎？聽說這湖很多魚的。何況周圍沒有其他人。

朋友站在旁邊對我說。

我覺得這個提議很好。

# 拋物線

看到羽毛球升上高空再下降時，心情就愉悅起來。我對高速扣殺的羽毛球不感興趣，卻只留意球從這邊到那邊的拋物線。

說起來，其他運動不是沒有拋物線，足球、網球都有，但角度不夠銳利，出現的次數不如羽毛球頻繁。於是，我自然愛上羽毛球。

我以前住在二樓，窗外有株杉樹，樹旁邊有塊空地，空地上時常有兩父子在打羽毛球。他們連業餘選手也說不上，大概只是消磨時間吧。那裡連網也沒有，他們只把球打高來，打高去。我就坐在窗邊看羽毛球的拋物線。

有一次，一顆球打到杉樹上，卡住，沒有如預期般落下。對於這無法形成拋物線的羽毛球，卻又無法伸手撥下那羽毛球，我感到一絲鬱悶，就像被看不到的蚊騷擾著一樣感到煩躁。

「再來一球！」「好！」然而我只聽到他們颯爽的聲音，又繼續使羽毛球拋上落下。

那羽毛球卡在杉樹上，竟然連颱風天也沒有把它搖下來。每次在窗邊，我就忍不住去看它，但它沒有要掉下來的意思。我繼續看父子的拋物線，但在滿足之中總覺得內心缺少了一塊。直到父子倆也不在空地打球，它還一直掛在樹上多年。

多年以後，我去看羽毛球比賽的決賽。雙方打得激烈。羽毛球的拋物線沒有緩和觀眾席上的緊張。臨近局終，就在球落地，獲得冠軍點，即二十比十八之際，場館內爆出激動的打氣聲。那教練一手放在嘴邊，一手指著球員，大喊：「再來一球！」大汗淋漓的球員回應：「好！」然後就在觀眾的屏息下贏得最後一分，場內又爆出震耳欲聾的歡呼。

同時，我眼前映出那掛在樹上的羽毛球，想像從樹上掉下來，完成那條拋物線。

# 同學少年誰不賤

再次見到他，已是八年後。

平常很少注意這類新聞，畢竟藝術的新聞一無可看。一般來說，都是假裝新聞的廣告。

這地方沒甚麼藝術養份，做的人也好，看的人也罷，葉公好龍的多，實在提不起興趣看這些熙熙攘攘的新聞。

但大量朋友的轉發，一式一樣的新聞，勾起我的興趣。仔細一讀，才驀然發現是故人消息。

在學時並沒有多熟，就是同級同學，他是兩位學霸之一，都姓王。

不過他們都難以親近，我這種普通人與他只能是點頭之交，應該說，在他們眼中也沒有我們的存在。

沒想到他現在變帥了。我發現我們居然在社交媒體上還是朋友。那一刻，我大著膽子發了句私人訊息：「恭喜。」

他居然給我回覆，而且還很親切地問候我的近況，主動約我吃飯。

我選擇了一條酒紅色的連身長裙，蕾絲中袖，配上一對黑色的方頭高跟鞋。

吃飯的時候，說起了大家的工作狀況。我尤其好奇，他怎麼會從一個讀書鬼，轉到藝術品買手這種有趣的職業。

「我以為你會一直待在大學裡，怎麼會改行的？還這麼成功，你好厲害啊！」嗯，當然，我也要吹捧一下啦。

「我？你問為甚麼？你這是在嘲笑我嗎？」他一邊吃著牛排一邊講。

「不不不，我真的覺得很厲害，所以想請教一下。」我以為自己聽錯，略為遲疑了之後，趕緊澄清。也沒想到哪裡講錯話了？

他把餐刀放下，把頭髮撥了一撥，略為呈M字的髮線曇花一現，沉靜了幾秒後說：「為甚麼我能買到好的藝術品？因為我抑鬱啊，不過不算很嚴重就是了。如果我有嚴重的抑鬱症，我就像王XX一樣去當作家了。哪用落魄到做起買賣？」

「你……落魄？但王XX根本未成名，我連他當了作家都不知道。欸？難道他用了筆名？」

「沒有用筆名，落落大方用的本名。但一個做買賣的人，除了錢，還能得到甚麼，創造甚麼？我以為你過了這麼多年，會懂的。」

「懂甚麼？」

「就是終於懂了，在藝術的道路上，我原來也是沒甚麼才華的那種人。我跟你們都是差不多的，只是比你好一點點而已，所以才覺得我們適合湊在一塊。」

我的手伸到水杯前，剛舉起，看到他真切的眼神。放下了。那一晚我們相擁入眠。他說他從來沒有睡得這麼安穩。

我也是。

# 增長的愛情

「我對他的愛，當然不是永遠不變的。」

宴會的現場頓時鴉雀無聲，賓客們停止了對新娘上一句感人陳詞的拍掌，只剩下傳菜的侍應把西蘭花炒帶子的碟打開的聲音。

「——因為，」她凝視著眼前的丈夫說，將對賓客說的「他」轉變成對眼前的「你」說：「我對你的愛，是一天比一天增加的。哈哈哈——」

會場爆出震撼的大笑聲，紛紛拍起手來。她和她的剛結成的丈夫凝視而笑，然後靠近親吻，那恐怕是世間最幸福的畫面。或許那些賓客都這麼想吧？

一星期後，休息足夠的新娘與她的朋友聚會，她談起籌備婚禮的累，甜蜜地說自己不會結第二次婚了。她的朋友提起她在婚禮現場的幽默，說：「可是誰結婚不是都這樣想啊？」

「我不明白為甚麼離婚率那麼高。結婚不是為了增長愛情嗎？我覺得，我一天比一天愛他啊。哈哈哈——」當她正經地說完自己的婚姻觀，提起她的丈夫時，她又甜蜜地笑起來。

「你好樂觀！」

「哎呀！你們不是從小到現在都有個毛公仔嗎？怎麼人們對他的感情是日漸增長，對人的感情總是日漸生疏呢？」她像說教一般講起。

她的答案是甚麼呢？或許她有增長愛情的方法吧？

……

自三個月前某朝，她的丈夫如常出門上班後再也沒有回來。——失蹤了，沒有音訊，可能早已死了。

警察也懷疑過她，暗中調查她，卻很快排除了她的嫌疑。理由是，她確實得了抑鬱症，每天以淚洗面，體重跌至四十公斤左右。有一次，她的一個親戚說他可能已經死了，她即當眾摑了那人一巴掌，扯她的頭髮，疾呼著：「他還在生，你閉嘴！我們感情還很好！」惹起旁人圍觀，那親戚報警，只是在眾人勸阻後才不了了之。

更長的日子過去，她的丈夫沒有回來。時間會沖淡傷痕吧？她回復了日常生活，她恢復了健康，重新學會笑了，工作也回復正常，但她沒有和任何其他男性展開新的男女關係——這當然是她刻意的，她還愛著丈夫，這竟然為她贏得了節婦的美譽。

一日，那個當日被她掌摑了的親戚，應她邀請，來到她家作客喝茶。兩人從前關係不錯，只因那事令兩人耿耿於懷，其實親戚也想找個機會道歉——她也是這麼想吧？

「那時很對不起呢，」親戚一臉抱歉地繼續說，「我知道你們感情真的很好。」

「不要放在心上，我那時也衝動了，真的很抱歉，」她補充，「我和他的感情，真的很好，而且還是一天比一天好……」說著說著，她也低下頭來。

「但是，你知道嗎？」她突然抬起頭，凝望親戚的雙眼說：「人們不是從小到現在都有個毛公仔嗎？怎麼人們對他的感情是日漸增長，對人的感情總是日漸生疏呢？」

親戚也注視著她的雙眼，繼續聽她說話，心裡覺得她的眼裡藏著奇怪的神色。

……

「其實，我和他之前吵過架，但那不過是很瑣碎的事。以前我們都不會吵架的，但是，那次我們竟然為了買一臺全新的雪櫃而吵架。哈哈……」她說起來一臉後悔。

親戚聽她說起往事來，不禁心痛起來，心想：他們感情真的很好，她受的打擊，還沒完全回復吧？

「別人不是說，夫妻吵架是正常的嗎，輕易的吵架反而可以增長感情啊。——但是，我們從來沒有吵過架的，怎麼突然間會這樣呢？我開始反省……」

「不，你已經很愛他了！他也很愛你。所有事，大家都不想的，你要好好振作啊！」

「不不不，我們對毛公仔——死物——的感情是增長的吧？那時我也反省，我要怎麼更愛他一些，讓我們的愛情可以增長。我決定——」

突然廚房傳出刺耳的水滾聲。原來談著談著，她們也忘了是為了喝茶而聚的。她趕忙到廚房泡茶，中斷了說話。

她站起來往廚房去時，身後露出一個坐著的毛公仔。她的親戚從未看過一個平凡的家庭會放著這麼大，大得像人一般的毛公仔，更何況他們並沒有小孩。正當他好奇踏前一步，想看看那個毛公仔時，他想起了她在婚宴上的話。

連辭謝都沒有就走了。

女人斟好茶出來時還說了句：「怎麼就不辭而別了？」

她放下兩杯茶。

# 等

「我們分手了。」然後，她的眼神閃爍不定，偶爾抬頭，餘波輕掃，就又收起目光了。

在與她分離的 29672 小時，我幾可說無時不想她。

我們沒有刪除對方的帳號，透露的信息從那種精心設計的版面和言辭以求關注，到後來各歸生活。

已經歸於平淡有 735840 分鐘了吧?嗯，是的，這段時間沒有閏月。

在漫長的拉扯後，她沒有再理會我。她也開始偶爾放些相片附加些「男友」的字句。

這些時日，我最終憶起她曾經的一句：「分手不必醜陋，因為一定是對方的損失。我只要繼續活好，就是對他最大的傷害。」那時我倆未在一起，也沒預算能一起。或者在那時開始她就預算會分手吧？

有一天，我發現她的身影再度闖入我的生命。

IG 突然出現了她久無發表的 Story，自此之後，我開始查看我自己 Story 的瀏覽人，也開始發現她的注視。

我知道差不多了。

果不期然，幾個月後，她來了，帶著那句「我們分手了。」精簡直白。

我盯著這句話，手機顯示著她的狀態不斷從「上線時間」到「輸入中」切換。

我想到她穿著那條長身裙，低著頭，帶著淚眼低聲說話，哀求復合的樣子，說著：「我們分手了。」然後，她的眼神閃爍不定，偶爾抬頭，餘波輕掃，就又收起目光了。

我沒等到下一句，就把她的帳號封鎖了。

她不是她，或者說她從來都不是我認識的她。

# 感官

（一）

你沒有試過嗎？啊。不如，讓我教你怎麼進入萬花筒的世界吧。

你先閉上眼睛，如果盲了就更加好，不過都沒所謂。然後，將手指按住雙眼，輕輕往眼球內推。等五六秒吧。啊！是不是看到很多不規則的花紋呢？慢慢將力量改變，時輕時重，有沒有看到螺旋和星星呢？最後，把手鬆開，張開雙眼。張開雙眼後的幾秒，眼前的世界在閃爍吧？

怎樣？我沒騙你吧。那真是比世界任何一個地方都要美啊。

嗯？

如果盲了就更加好。自從我盲了以後，我看到的色彩更加多呢，活得比人好。啊！你還看得見世界吧？那麼有沒有覺得世界很美，世界很好，世界充滿希望，世界充滿愛……

……

如果盲了就更加好。

我牢記著這句話。我決定永遠留在萬花筒裡。

（二）

據說他沒有味覺。當我說出這個傳聞時，朋友大吃一驚，驚訝著沒有味覺竟然能當上總廚這事。

怎麼了?幾個月前某國家元首來訪，那場晚宴不也是由他主理的嗎?朋友說記得這新聞。他問，那是他當總廚後才失去味覺的吧?不，我答，據說在他學廚時就沒有了。你一定會問，為甚麼沒有味覺還能下廚，還可繼續升職吧?他一定用了旁門左道的方法，例如賄賂啊，攀關係之類的吧?我說都不是，其實這個傳聞之中，還有一個傳聞，據說是這樣的……

每當他烹調時，正如很多廚師一樣都會試味，但把食物放在口裡的一瞬，他總側半邊面遮擋別人的目光，彷彿做見不得光的事一樣，然後很快移回原位，口裡嘴嚼著食物。他的烹飪技巧高超，煮的食物也出乎意料地美味，但從沒有人看過他把食物放進口裡的一刹……

「那有甚麼特別啊?每個人試味不都是這樣嗎?啊……不對，你不是說他早就沒有味覺嗎，怎麼試味?」我正要說出重點來，朋友就打斷我了。請你留心聽好嗎?有一日……

他跟往常一樣在烹調，一樣在試味。有個妒忌他廚藝的同輩對他的小動作很厭惡，趁他在把食物放到口的一刹，突然跑到他側面的方向看。一看，那個同輩馬上大叫，驚動了廚房的所有人。同輩看到他口裡含著血，放了一半到口裡的蘿蔔，都被血染紅了。

「嗚哇!好噁心!但為甚麼呢?」那個傳聞的最後，就是他的自白啊。那傳聞的最後啊……

你們不知道失去味覺的人只能靠嗅覺辨別食物的濃淡與味道嗎?只要將食物混上血咬爛，食物的味道就會滲入血裡，血的腥味濃烈，也會將食物的味道放大數十倍，這樣就清楚嗅到食物的味道了!所以我每次都要咬自己的舌頭，造一些血來……

「啊……原來，是這樣啊。」我說是啊，傳聞是這樣的吧。朋友若有所思，又問我：「這傳聞，是真的嗎？」我說我怎麼知道啊，所以它不就是「傳聞」嗎……

且慢，朋友說的是哪個傳聞？

(三)

鬱悶的時候，他總產生一種把靈魂拿出來的慾望。

「你把一滴水滴在皮膚上，不會有甚麼感覺。不過，如果滴在眼睛裡，總會感到不舒服吧？……」老師說。

原來如此。所以眼睛叫「靈魂之窗」。

他被這個名稱吸引著，但又感到一陣陰鬱。他認為「窗」這個說法有點悲傷。那是靈魂被囚禁住的意思。

十幾年前，他在屋內目睹自小虐待自己的雙親被大火燒死。正當自己將被火海吞噬之際，一個消防員從後破窗而入，拯救了他，讓他獲得了新生。

他就像回到十幾年前放火的一剎。

他一刀插進眼睛，享受著破窗而出的靈魂。

# Air Drop

在巴士玩著手遊的時候，忽然，死了。

他不禁「啊」的驚呼一聲。引得前面的人也看向他。

原來，手機接收到 Air Drop 的傳輸要求，難怪人物突然不受控被殺死了。

是誰呢？

適時，傳來女生的驚呼，發現不小心把圖片錯發給陌生的人。

她害羞地跟朋友說不想被人發現自己在弄偶像的貼圖。

他立即按下「接受」。

傳來的是一張走焦的照片，扭曲的紫色椅子、黑色的長褲，一點點像是身體的肉。

他在猜，這是哪位偶像的 IG 藝術照嗎？

巴士停站時，不少人陸續下車。這時，手機又接收到了第二次請求。

這次的照片清晰了一些。是一個男人被捆在椅上，在客廳，似乎在激烈掙扎。

他頓時感到無聊極了，又是這些惡作劇照片，憤而把照片立即刪除。

此時，第三次的請求又來了。這次他斷然拒絕，並想回頭看看那班女生的模樣。

結果，他甚麼都看不到，車廂上層的人已經走得七七八八，他後面已空蕩蕩。

他也隨即在下一站下車。沒把這事放在心上，連跟見面的朋友都沒談起這件無聊事。

巴士下層後座，所有人都在刷手機，其中一個不斷輕點各張照片。其中一張是黑色褲管下整齊排列著一隻隻腳趾和腳掌。

那人喃喃自語說：

「誰能幸運地看到最後呢？」

……

「有一個男人收到個包裹，他一邊打開包裹一邊看新聞報導。結果他就嚇死了。為甚麼？」在幽暗的房間裡，一把磁性聲線在蠟燭邊徘徊響蕩。咬字輕嘆，引動氣流。燭火搖曳，蠟淚滑落，像是因為他的故事動情。

「因為他看到新聞報導說，他的粉絲死了，死因是全身沒了一大面積的皮膚，還缺了一隻食指。而他的包裹送來的是一個長身皮包，中間用來栓著開合位置的正是一隻塗了鮮紅色指甲油的手指。皮包所用的皮正是那個粉絲的人皮。」一個聲音低沉的男生平靜而細緻地說出他的答案。

眾人面面相覷，一同把目光投到說出答案的位置，又一同回望發問的人。

兩人的面目都被濃重的陰霧暗霾遮蓋了，只剩下明亮的燭光映照的下半邊臉。

不知道是不是燭火的搖曳，使發話者的嘴角看起來也有著絲絲的抖動。

大家引頸期待，蠟燭也期待得流下了幾滴口水似的。

「哎吔，你好過份啊，知道答案就不應該說出來啊！這是應有的禮貌，好嗎？這……這……讓我怎麼帶組呢？迎新營的第一晚很重要啊。」說話一出，彷彿眾人都嘆了一口氣。其他的學長學姐也開始忙著打圓場。

「你們不用好說歹說啦，我沒有生氣啦。只是不知道怎麼帶下去了。」學賢怕在黑暗中被人誤會，搶先說出自己的憂慮。

一陣沉默之後，迷霧中傳出一把嬌俏而略尖的聲音：「其實……學長，你也不用生氣啦……這故事我也聽過差不多的。嘻嘻。其實剛剛我是在等你是不是會說出一個我還沒聽過的版本。」

聽到這話之後，眾新生附和之聲此起彼落，紛紛交流了起來。

僵動的氣氛一下子又熱鬧起來，這時候，房間的燈光也隨即亮白起來。大家都輕聲地呼叫了一下。

剛剛發言的女生用手遮著眼睛說，她留有一頭啡黃的微捲長髮：「剛剛 Terry 講的那個故事其實也跟我聽的有些不同，我聽的那個沒有說用自己的手指作材料的。」

「哈哈，我同 Angel 一樣以前都聽過類似的。不過 Terry 你這版本超恐怖，在哪聽來的？」其中一個學長出來發話，讓新生的氣氛沒那麼尷尬。

「Terry 那個其實不算變態了。我聽的版本是說，粉絲做的是一張沙發椅，然後自己藏身其中，等那個人一坐上去的時候可以感受到偶像的體溫甚麼的。幾年前去露營聽的了。」

「好啦好啦，你這班新人原來都在看我笑話，不講揭尾故了！好好好，你們自己好好交流吧。」

學賢假裝生氣地道。

「最近你們有沒有在網絡上看到一個都市傳說，說的是有人在巴士上用 Air Drop 亂發一些意義不明的圖片啊？」

「我有看過啊，最近很火呢。」眾人都在七嘴八舌地討論，唯獨學賢沒有插話，反問道：「你們在說甚麼呢？」

「這陣子不少人在坐某一些巴士路線的時候，會收到一個陌生人的 Air Drop 發來圖片。接收之後會是一些意義不明的圖片，通常都是些奇奇怪怪，構圖扭曲的圖片，或者是失焦的圖片。」

Angel 向學賢說明。

「我很喜歡看這些神神怪怪的東西，這事件已經有三個月了。我發現有些人會說他們在第三張圖片之後會收到一些恐怖的殘肢照片。但講的人實在不多，就算把照片發到網上，也有很多網民質疑是一些惡作劇的圖片。」其中一個新生興奮地說。

「殘肢？」

「是的。比如說一個穿著黑色長褲的人，坐在紫色椅子上，他的腳掌和腳趾都被切下來，整齊地排列好。」這句一出，不少人都叫了出來，有些女生甚至本能地掩起眼睛。

……

大叫一聲之後，男人的喉嚨發出啵啵啵的聲音。

昏黑的房間只有月亮透過鏽斑跡跡的鐵柵射來一叢光，打在了地上，也打在了男人的臉上。

男人被倒吊起來，活像那張著名的第十二號塔羅牌。不同的是他的嘴和眼都被封條膠黏得緊實。

男人被切開喉嚨之後，彷彿是珍惜這失去已久的自由般不斷從破口爭奪稀有的空氣，以致於喉嚨破口發出像小朋友玩耍嘴皮子時噴吐口水時發出的聲響。鮮紅就像口水一樣，不斷地被男人玩樂似的推出自己的身體。

是的。這不是學生們溫馨地培養情感、說說鬼故事的房間，而是空投殺手執行殘酷手段的地方。

這個毫無品味的稱號，是傳媒送給他的。主要是因為這半年來，他一直在各種交通工具上用 Air Drop 不斷傳送受害者的酷刑照和死亡照。

一開始也有稱呼他做迷照殺手、迷幻殺手，甚至蘋果殺手。因為他的照片不完全都是那種清晰可見的，有時會是一些奇特的角度、扭曲的畫面。

這也是為甚麼他大半年苦悶地在車上不斷傳送這些不吉祥的照片，卻仍然難以引起騷動的原因。因為大部分的都市人根本沒有空閒仔細地看看這些照片。

然而，這些迷幻得近乎前衛藝術的照片，倒不是空投殺手想掩飾自己的罪行而故弄玄虛，而是他殘忍的變態心理帶來的副產品。

他總會把綁架得來的被害人先折磨數天，然後在某一天會假裝突然有急事般匆忙離去，且「意外地」留下了被害人的電話在不遠處。此時，被害人一般以為這是自己得來不易的逃生機會，艱辛地拿取電話。

當他們好不容易得到電話的時候，會發現手機居然沒有自動關閉，且停留在自拍模式。這對於雙手被捆綁的人來說，自然是一個喜訊，畢竟「解鎖」在雙手被綁的情況下極其困難。

這些被害人無一例外地都非常慶幸空投殺手的「不小心」，殊不知這正是他的惡意——希望看到他們死前最後的熱情表演。他假裝離開，在房外津津有味觀看隱蔽攝影機傳來的片段。他喜歡看這些人為了生命的最後拼上一切的熱情，深深地被他們一切的行為感動。

當他覺得欣賞足夠的時候，或者被害人好像真的能夠使用電話——總有那麼一兩個手腳比較靈巧的人，就會入房阻止這場鬧劇。他在收拾一切的時候，才意外發現他偶然點出的自拍模式，使他得到了無數珍貴的照片——紀錄了被害人對生命最熱情的剎那。

他漸漸對這些照片產生不能自拔的情感。他要把這種喜悅傳播出去。

……

男人花白頭髮上頂著一頂啡色毛呢布織帽子，坐在巴士下層最後的一排座位。與其他老人家不同的是，他沒有在巴士上播放煩人喧囂的經典金曲，而是死死地盯著已經有裂痕的手機螢幕。

當然，在常人看來，他只是眾多像極得了癡呆症的老人的其中一個，根本不會引起這繁忙的城市中任何人的駐足與關心。

自從他兒子的屍體被意外發現在垃圾堆填區，他就開始隨機坐上來往旺角、紅磡與屯門的好幾號巴士線上。憑著兩元優惠，他每天來來回回好幾趟，已達一年之久。

老人牢牢記住在社區中心結識的朋友的孫子所教導的方法，只望找到一絲殺子兇手的線索。雖然朋友的孫子怕他實在記不住，早已幫他調校好所有設定，並叮囑他「千萬別把手機螢幕關閉，但林伯你也要一直盯著螢幕才不會錯過喔。」但他還是怕忘記了任何一個步驟，手裡拿著一張寫滿如何用 iPhone 接收 Air Drop 的紙條。

由於有人供稱在巴士線上接收過死者圖片，警方迅即立案，發動搜查，在多條傳聞中空投殺手活躍的巴士線，隨機截查可疑人士，調查他們的手機圖片。曾有不予查看的市民，警方與大眾都以為一下子已把變態狂魔繩之於法，但在帶返警署後，卻發現只是一些不願被查看私隱的普通市民而已。

兇手人間蒸發，幾個月來消聲匿跡，加上幾次誤捕，這事件漸漸淡出公眾的視野。警方在三個月後也放棄了廣域式大搜查。畢竟範圍太廣，茫無頭緒。

老人多次哭訴、請願不果，唯有自己在相關路線不斷來回。這次他登上的是 52X。

忽然，掌中的機器泛起一個畫面，顯示著要接收一張奇怪圖片。老人的手指激動地震抖，慢慢移往「接受」。

成功收到一張照片。

打開後，他發現是一張奇怪的、扭曲的圖片。老人直覺知道自己的等待終於有回報了。重覆了幾次這樣的操作。收到第七張的時候，圖片清晰顯示著一名倒吊的、被割喉的青壯年男子。任何人看著這張照片，都會覺得死者受盡痛苦以致面目猙獰，但在老人看來，這是他最孤苦無助的樣子。

老人自責無法幫助他，沒有在他最痛苦的時刻陪伴他，心中興起千言萬語想對著照片說。但他強忍淚水，仔細環視四周。

現在是悠閒的黃昏，下層的人不多。幾乎都是老人為主，只有一兩個清瘦的年青人在玩手機。

老人記起朋友孫子的話：「Air Drop 的傳輸距離並不長。大概八至九米左右。」於是，他動身去了上層。上層雖然有不少人坐下，但大多集中在前座。後座只有一對情侶與兩名男性。

他立即掛上面具般的微笑，走向青年。正要坐到旁邊，卻發現青年用 Samsung 手機玩手遊。於是，他便轉向更深處的中年男性走去，他早已想好要怎麼請他幫忙使用手機查地址。結果在詢問的途中，手機再次傳來接收圖片的請求。老人立即把手機搶回手中，匆忙走下樓梯。

這時，巴士靠站，老人看到之前頂著棒球帽，穿長外套的頹瘦青年已經下車。他趕緊尾隨下車。他直覺是眼前人。

下車之後，老人跟隨著頹瘦青年，眼際景色如拉動出印花膠布，由人影樓房，拉到狗吠貓鬧，再拉成樹影泥路。不經覺，周遭景色暗了下來。

青年忽爾轉過身來。樹色幽昏，掩蓋起他的面目。

老人也停下來，開口道：「是不是你？」他自覺已被誘至青年的作案之地。

耳邊傳來一把嬌甜的聲音，說道：「是。」

老人的腦袋如遭雷劈。難怪一直以來都沒有兇手的線索！因為一直猜測的空投殺手，都是壯年男性，才能如此凶殘地把不同男子虐殺。沒想到居然是一名嬌弱的女子！難怪警方多次截查，都完全沒有效果。

「為甚麼？」說的時候，老人的眼淚已經忍不住掉下來。「我只求你給我答案，我好下地獄去告訴我那可憐的兒子。」老人自知將成為少女的下一個戰績。

「嘖。可憐？可憐嗎？」少女嬌笑道。「我不知道誰是你兒子。但我一個少女走在這種幽深小道，他鬼祟跟著我，打的甚麼主意？難道還要說嗎？」

老人的腦袋一下子轟鳴一聲，說不出話。良久，嘴唇間流出一些文辭：「這……這……也不至於要死吧。」

「至不至於嗎……嗯……也真的難說，反正就殺了。要不，你殺了我吧。」少女穩步靠近，把刀子遞了上去。同時，把自己的手機，丟到海裡。

她左手半托腮緣，鼓起嘴巴說：「你知道嗎，你是第一個接收我一幅幅傑作的人。我以為終於有同好，沒想到只是你這個為了找殺子兇徒的無謂人。」少女扁著嘴把刀子好好地放到老人手上，幫他把手指摺疊至緊握刀柄，鼓勵他插入自己的心臟。

老人釘立，無法作出任何行動。他不能想像有這麼一個瘋狂的人。良久才懂得搖起頭來，跟少女道：「不，我要抓你去警局。」

在爭執的期間，少女有意識地把老人手中的刀拉向心口。順勢一仆。兩人都倒在地上。

老人的手立時像一杯加了過多士多啤梨醬的新地雪糕。

老人頂著頭痛，把眼睛掙開。正看到少女口湧鮮血：「哈哈哈，我現在很痛、很痛啊。我不想死，但，我，沒有力氣了啊。」每次吐氣，就像血是多餘的一樣噴出伴隨一絲絲的狂笑，噴到老人臉上。

老人下意識想把刀子拔出，少女隨即尖叫：「這很痛，對，對，再輕輕的多動幾下，我可能也是這樣對過你的兒子。不，我肯定我這樣對過他！怎樣？看到這種生命最後拼發出來的美麗了嗎？我的生命像這樣使用掉就好了。你有開心起來了嗎？我求你，求你，快用手機拍下，我要看我要看！」

老人用手抹了幾抹面上的點點血跡，爽快地把刀子拔出。

「你……真……浪……費……」

老人把這一切向所有人講述，但都無人相信。所有人都認為他是為子報仇而殘殺了少女。

* 〈Air Drop〉曾刊登於《週末飲茶》第二期

# 真話

當我說心情不好的時候，朋友都來問候我、安慰我。

「一起吃蛋糕？」「我們到外地旅遊吧！」「去海灘？」「來吃一頓大餐吧！」「不如我們……」

後來我得了抑鬱症，情緒低落的日子多了，說心情不好的日子也多了。

「我心情很差。」我說。

即使過了三十分鐘，依然沒人回應。

啊！我成為了《狼來了》的小孩。

但我沒有說謊啊……原來除了多說謊話會失信於人，說真話也會啊！騙子討人厭，誠實也讓人厭惡。

「我心情好很多了！」我說。

「太好了！」「一起吃蛋糕？」「我們到外地旅遊吧！」「去海灘？」「來吃一頓大餐吧！」「不如我們……」

# 安慰人的人

當他心情不好時，他的朋友和我只能問候他、安慰他。「一起吃蛋糕？」「我們去旅行吧？」……後來他得了抑鬱症。他說，情緒低落的日子多了，說「心情很差」的日子也多了。讓他抑鬱更加嚴重的是，當他再說他抑鬱、心情很差時，沒有人再想理睬他。啊，連有個美若天仙的妻子的丈夫也會因時間久了而厭倦，更何況說自己抑鬱呢？

「你很痛苦。」我對他說。

他露出的眼神，讓我想起〈蜘蛛之絲〉中快爬到極樂淨土的犍陀多。

「但我很羨慕你呢。」

「為甚麼？」

「因為你還會為悲傷的事感到悲傷……所謂無力感，就是嘗試發力但失敗的回彈，但我連無力感也感受不到，代表我更慘啊。」

他聽罷，只是望著我。啊，代表我的回應起了安慰作用吧？過了一陣子，我聽到他說：「我心情好很多了！」但不知何故，他的眼神還是讓我聯想起犍陀多——蜘蛛之絲被切斷的一瞬的犍陀多。

他的朋友都來恭賀他。「一起吃蛋糕？」「我們去旅行吧？」

「不如我們……」我說。

他最後的眼神是怎樣的呢？我不知道，因為我們已經是犍陀多了。

# 異談・墨淵

他老是懷疑自己要死了。

懷疑始於他見到一隻黑鳥入屋開始。

他的家狹小且雜物堆疊，使他不僅沒有興趣在家裡活動，連寫作時的視線都極受阻礙。

他在客廳寫作時，幾乎無可避免地只能望向那個唯一有天然光線的廚房，令眼睛得以舒緩。

樓矮近樹，常受雀鳥侵入之苦。對於飛鳥入屋，他早已見怪不怪。廚房那扇壞掉的窗無疑是一封邀請函。不過他也樂得有這些可人的雀鳥相伴。

然而，最近他卻愈來愈不安。

一開始，他只是覺得那是一隻有點特別的黑鳥。通體烏黑，連眼珠子也是。羽毛彷彿自帶一層暗亮。

普通的鳥都是飛進來吱吱渣渣地像彈珠一樣跳動，終焉便走。牠卻安定地與他對望一陣子才轉身離開。

邂逅後，整個悶熱的夏天它都天天來訪。偶爾他埋頭寫作沒有注意到，牠會在原地靜默地等候他的目光。

他發現黑鳥的身軀愈來愈大，由原本麻雀的大小變成巴掌的體積。

有好幾次，他覺得黑鳥很有靈性地跟蹤他的視線。他嘗試歪著頭，黑鳥也跟著歪起來。他突然從座位跳開至黑鳥視線的死角，牠也會跟著移動一點點追看。每天大概要跟他視線對上十秒，才甘心離去的樣子。

然而這樣的奇怪遭遇，益發使他內心驚懼。他不相信自己有甚麼優點、善行讓他得到天神的眷顧。「這是一個不祥之兆」的想法縈繞在心揮之不去。

再到後來，他是完全睡不著覺，合上眼睛的時候也仍然滿眼黑鳥的影子。他不明白在此貧瘠之地，黑鳥憑甚麼生長得如此肥碩。

日漸衰弱的他，終於癯瘦得連家人也察覺到了，但他不想增加負擔，沒有和家人說出原因。

終於，他動起了殺念——說殺也不是真的能殺。畢竟除了寫作，他甚麼也不會幹。他只是想說威嚇一下黑鳥，使他不再踏足此地。

他把刀子放在書桌一旁，一邊寫作，一邊等候著黑鳥的來訪。

就在他正沉醉於修改文章，把黑鳥的事拋諸腦後的時候，體型再翻了一倍的黑鳥嗖的一聲降臨到廚房裡。

他嚇得大叫了起來。一頭倒栽到沙發上，慌亂之間拿起刀子時還把手指割破了。但惶急與驚恐讓他忘卻了痛楚，大叫一聲衝向黑鳥。

黑鳥的雙翼迅速展開，朝著他大聲怪叫起來，樣子十分凶殘恐怖。

他不禁嚇得停下腳步，腳下一滑，蹌踉後跌。

世界逐漸扭曲起來。

家人歸家時，他已氣絕多時。法醫說他的死因是出血性中風。最讓人奇怪的是，廚房有不少像是墨跡一樣的劃痕殘留下來。

這事作為一件離奇新聞在頭版佔上了一小格。而這份報紙正被一個戴著米色貝雷帽的男生閱讀著。他向旁邊穿著深藍西裝配上灰馬甲的男人問道：「歐文先生，你看這事是不是跟那些傢伙有關？」

歐文放下咖啡，嘆了口氣道：「那是墨淵之痛苦匯聚而成的惡念。廚房裡奇怪的墨痕就是證據。那人過於無才的挑戰使他不斷堆積怨念。這些怨念最終便報復回他自己身上。死於驚嚇是這個世界最方便的一種答案，不過世界比起大部人想的複雜得多。」

歐文邊說邊轉身出門，後又喃喃地道：「還好他死了，不然再讓牠成長為鶚人，就是災難了。」

男孩問：「墨淵？」一邊提著公事包，一邊追著歐文的腳步。

注：墨淵，寫作時被刪改劃走的墨水之意。

# 異談・怨縛

今天，他們為了培養那情花初啟的濃情蜜意，結伴往山上露營。這女孩一向為了愛情能委曲逢迎一番，這倒不是說他們的一起毫無情份，只是男方也不知道自己怎麼如此受到神明的眷顧，暗戀多年的前輩忽然找他約會，沒過幾天就被告白。他那天緊張極了，也沒覺得自己做了甚麼事，想著還要再約會幾次，結果過沒幾天前輩就成為了戀人。他後來想了想，可能是過新年時一家人去伊勢神宮時，硬被姐姐拉去陪拜月讀宮有關。他邊走邊想著回頭除了要給姐姐帶點禮物外，也要再去伊勢神宮認真地為這段緣分祈願一次。

他們手牽手地在山路慢走，忽然感覺到刺骨的感覺。兩人撥了撥頭髮，重新拖起了手，手心傳來的溫度又讓他們把那異樣的感覺拋諸腦後。

往露營地點的山路有一個正方型的路標，不過年代久遠之下，斑駁鏽蝕的印痕如胎記一般依附其上。這樣無法辨識的路牌已經看到第二個了。

「這些路標還會有好幾個，上次我來的時候大約有五六個。我們愈來愈近了。」男生憑著自己的經驗向女孩炫耀著。聰慧的女孩適時顯出仰慕的目光，讓男孩的心踏實了起來。

他老是覺得自己配不上女孩。說來也奇怪，論起家勢來，女孩反倒只是平凡的工匠家庭出身，家無恆產，祖無蔭職。男孩生於書香門第，母親更是國內首間女子中學的校長，父親亦在朝中謀事。然而在這段關係中，男孩總是患得患失。即使女孩表現得如何親密，男生還是心有疑惑。因此在旁人看來，尤其是他們的朋友，總是擔憂女孩被拋棄。

雖則維新之後，全面西化，男女關係比過往平等，女生也開始可以上課學習。然而傳統的思想還是十分影響這個古老的東方民族。

……

在途經第三個殘舊得看不到內容的指示牌後，按男孩的說法，是差不多要到達山頂了。看著女生圓圓的、俏麗的臉龐因為長久的步行而泛起紅暈，像極了春櫻飄散般柔美。眼見四下無人，便把她拉到一處幽靜的樹叢裡親起來。

女孩對於這種不太屬於男生固有印象的大膽行為，有點錯愕，但沒有拒絕。動作之大使鞋子都沾上了不少濕潤的泥土。

或許四野無人的確鼓勵了那個羞澀的小男生。二人忘我地擁吻。她從未在男性面前如此大膽、毫無保留地表達過自己的愛意，連她也覺得不太像平常的自己。女生好像感到有點天旋地轉，甚至連今天為甚麼會在山上都記不起了。

熱烈的擁吻使男生的眼鏡都弄歪了。

就當男生探手到女生的胸前，要享受那陣柔軟的溫熱時，耳中霎時傳來陣陣的振翅聲。忽然幾滴水掉到他們的頭上，原本一直大好的天氣居然剎那間下起雨來。

浪漫的愛火像被上蒼的淚水硬生生澆滅，二人慌忙跑到林間深處一株大樹下。嘩啦啦的雨水打到茂密的葉子上像歌舞伎劇場一般配合著雷聲轟鳴。

正當他們在互相取笑對方的狼狽模樣時，腳邊竄出一隻狐狸，嚇得女生慌忙跳到樹的另一側。兩行垂直流動的水柱落在她的頭頂。她好奇地循上望去，卻發現一名與自己年紀相約的少女懸吊在樹枝上，似是死去不久。

女孩大聲尖叫，跌坐地上。二人一起望向女屍，女屍居然慢慢轉動過來。二人看到女屍的面容後，雙雙昏去。

……

「這是第四個路標了！前面應該就是營地了！」男生興奮地大叫，急得拖起女生的手便往前跑去。女生嬌羞地一邊陪著跑一邊心裡甜笑著。

面前展露出一片平坦的空地，坐落在山邊，正好是觀賞日出日落的佳處。

「可惜已經有人霸佔了最好的位置了。」男生語帶失望地說。

「不會啊，這不就更證明你的厲害嗎?這裡果然是好地方呢。」女生再次展現她擅於取悅人的一面，眨了幾下眼。

「是嗎?」男生面色微紅，手指搔了搔自己的臉。他抬頭望向女生的時候，發現她的俏臉映照著紅霞，迷離的眼睛像折射出金光一樣璀璨。

二人的頭情不自禁地靠近的時候，營地傳來一男一女的吵鬧聲，斷斷續續的聲音傳來，似是為感情吵架。

「真是掃興……」話音未落，一下沉重的墜物聲後，帳篷內全無動靜。

二人面面相覷，不知如何是好。最終女生聲音略帶抖震說：「我們還是去看看吧……」說完便依偎到男生的背後。

帳篷旁邊有一些物品散落著，其中有一盞破碎了的藍綠色玻璃油燈，與他們提在手裡的款式一樣。女生遲疑了一下，覺得自己明明帶來的是紅色的。

「不好意思……裡面……有人嗎？我們在外面聽到異響，不知道你們是不是出了意外。現在我們進來看看有沒有甚麼需要幫忙的……失禮了……」男生盡量把語氣維持在平和的情況。

在他前腳剛踏進帳篷的時候，已經嗅到一股血腥味。只見一把工具刀結結實實地插在一名男子的頸部。嚇得他慌忙把腳縮起來，但乾淨潔白的鞋子已被血跡玷污。

驚魂未定之際，穿著校服的女生從帳篷內的暗處閃出，朝他刺了一刀。

他也墜下了，玻璃油燈隨之打破，紅色的碎片像櫻花般飛散，火苗迅速點燃了整個帳篷。他擔心女孩的安全，用僅餘的力氣努力朝入口處望，卻發現女孩就在身後，拿著刀。

他的血降到她潔白如雪的鞋子，如同早春的櫻花一樣。這是最後映入他眼中的一刻。

「先生，又有一個了。是第三個呢！」助手興奮地跑向路標。路標雖然殘舊，但也顯示出了距離山上還有二千米。

當助手跑到路標時，有一個老奶奶正從林間小路背著柴薪走出來。

老女人經過他們的時候，往他們身上瞧了好幾次。最後一次還是走遠了回頭望回來。這確實是失禮至極，不過也不能怪責她。他們的衣裝確實不像一般的登山客——一個身穿地色棉麻西裝、頭頂紳士帽的男人，和一個戴著灰色布雷帽，身穿格紋馬甲的小青年。

當他們再次動身時，老女人的聲音在身後響起：「你們這麼年青這麼精神颯爽，也要去死麼？」

「哎，先生，她……」小青年話猶未畢，只見歐文面露喜色，回頭快步奔向樵婦，並大叫：「老人家，請留步……」結果腳下一個踉蹌，跌在地上。破損的手臂滲出血來，滴到麻質西裝上，血像花一樣化開，甚是礙眼。

「老人家，附近是不是有一個地方，很多人……很多人過身的？」歐文有點避忌地問道。助手英夫在用隨身手帕為歐文包紮傷口。

「我們這種老人村，天天都是等過身的人，那一定很多囉，包括我。」老女人平靜地道。「啊，小兄弟，你包紮時要用點藥膏呢。」接著從懷裡拿出，並用無名指心挑出一點，往歐文的手臂塗去。「這樣好得才快呢。你們開化人現在都不會這些了。」英夫沒太理會，背著老人家做了個鬼臉。

一番交談後，二人問明了老人家，樹海的正確方向，便繼續出發了。分別時，老人家再三叮囑二人一定要留些記號方好進入。二人遠去後，老人家停下來，看著他們的背影笑了笑，便繼續走了。

「先生，雖然是女子中學校長的委託，但你也對這次的委托太上心了吧？還特地花了兩天的時間找尋這山上的樹海。」

「我查這事根本與齋藤太太無關。這個案子我已經查了一年多了，她只是熟人罷了。你把公事包內的剪報都拿出來。」歐文把手伸向英夫。

「這是我這一年收集到的消息：十多歲的情侶、交遊後失蹤、兩人都是先進青年，都是共通點。

斷斷續續四五宗，但每單案件都相隔一段日子，加上很多時連家人也以為他們是私奔去了。後來實在找不到，只好不了了之。」

「最引起我注意的是第三單三條家的報導，這裡寫著傭人說了句：『只幫小姐收拾了兩套衣服和一些乾糧。』」一個女性，還是千金小姐，再天真爛漫，如果出走，也絕不會只帶這麼少的行裝。臨時起意的話，這些公子小姐，也總不會每一對都能把行蹤隱藏得妥妥貼貼。」歐文邊說邊在途中撒下黃色的粉末，以辨認來路。英夫聽說那是從中國藥商買來的雄黃粉。

「所以他們一定是遭遇了意外。」英夫說完，貼近歐文的身體嗅了幾下。

「而且不是普通意外，絕對不是。」歐文順手指向第四張剪報，標題寫著：「警察連日搜索無果，多所山嶺無發現」。

又向英夫說：「英夫，即使熟人，紳士也不會如此失禮。」英夫把帽沿拉低一點，遮掩紅紅的臉，把欲說之言吞下去了。

「他們雖然都算是華族，但實在要說起來，也是毫不相識，地位亦有差別，要說是有甚麼秘密連繫，說不通。」

「會不會是這山間住著恐怖殺人魔，謀財害命？」歐文沒好氣應道：「連齋藤這次，總共五對情侶，如果真有甚麼『正常的』意外，怎麼可能毫無發現？警察雖然無能，但事關華族子弟，也不至於此。」

「所以……先生你的想法是？」英夫遲疑地問道。

「很大可能是，受到甚麼山精妖怪的誘騙了吧。」歐文淡淡地道。「那先生已經知道是甚麼妖怪了嗎？」英夫語帶興奮地轉向歐文。「不然，不會憑空不見的。」歐文嘆了一口氣，眼神有點迷離。這是英夫從來沒有見過的模樣。

兩人沉默地走了一段路，歐文終於開口道：「之前的報導都沒有很確切地說那些小情侶去何處交遊，警方也是大海撈針。這次要不是齋藤家的小子出意外，老實說，我連去哪裡找人都毫無頭緒。我沒有很確切的把握，如果要說最接近的鬼怪，我想，是地縛靈吧。」

「你覺得自己，能不能一輩子待在同一個地方？」歐文沒頭沒腦的問了一句。

英夫已然習慣了歐文這種說話方式，側著頭想了想道：「嗯……我不太喜歡我的家鄉，太簡樸太守舊了。我還是喜歡城裡，有熱騰騰的麵包，有日新月異的報紙，有青春活力的人們。如果是伊豆的海邊，我想，我願意一輩子待著。」說完，綻放出一個純潔的微笑。

「英夫，你千萬要記住。在荒山野嶺，不要隨便對人說出誓詞。」歐文鄭重地道。

「先生，我哪有喊甚麼誓詞！」英夫假裝不滿地大聲抗議。

「在幽深的樹林裡，山精妖怪最喜歡幻化人型向經過的倒楣鬼問問題。你剛剛不是很堅定地說：『如果怎樣怎樣，我就願意如何如何。』這種句式嗎？這就是古時的契約，是故明者不輕諾。開化以後，這國家愈來愈重視白紙黑字寫下的條文，已經愈來愈多人忘記了這種古老的言說所具備的契約之力。」歐文慢條斯理地說。「你要好好記住呢，將來我不在的時候，就沒人提醒你了。」

「好了，那我再問你，你覺得自己，願不願意一輩子待在同一個地方？如果這裡所講的一輩子，不止是陽世的呢？而且是不能離開的。」歐文的語調忽然低沉起來。

這一次，英夫沉默了。良久才從嘴裡鑽出一句：「如果死後還一直在同一個地方，那實在是太可怕了。」忽然他叫了一聲：「這就是先生你猜測是地縛靈作祟的原因！」

「嗯。你想想剛剛老人家是怎麼說的。」

英夫回想起老太婆幫歐文塗了藥膏後的一席話。

「你剛剛問我們是不是也要去死。你是不是知道些甚麼？」老人家露出恍然大悟的神色，悠悠地道：「哦哦，原來你問的是這個。山裡有棵自古以來就有的神樹，是從太古時代就有的了，一直守護我們這座山。也有些人說是守護愛情。不知甚麼時候開始，這個傳說傳到你們城裡，愈來愈多年輕情侶來到我們這座山郊遊。通往神樹的路途中，是個特別幽深的樹海。不說外人，就算我們住了幾十年，也不敢貿然進去，很容易迷路的。從古到今都有人進去後，再沒有回來過。」

老樵婦頓了頓，打開了水瓶喝水。

「老人家，你可以把通往神樹的路，告訴我們嗎？」歐文鄭重地道。

老樵婦指了指，正是她剛走出來的山路。她把整段路途，仔細教給歐文。

「真正可怕的地方，不是你生前死後也留在同一個地方，而是你無意識地留在那裡，一直在經歷生前最深植記憶的那一刻。而且，還會不斷吸引磁場相近的人，使這個場域的影響力不斷擴大。」

英夫被歐文的說話扯回來往神樹的路上。

「先生，這跟我們一直認識的地縛靈傳說好像不太一樣……？」

「是的，這也是我從西學的新理論，再結合這次的事件，得出的新想法。也更能解釋到這種鬼怪身上。過往的傳說，地縛靈總歸是一種……有點弱勢的亡魂，然而它們又可以持續維持靈力，維持在現世，還能不斷害人。這違反我在西方學到的，對於質量與能量恆定的理解。」

歐文喝了一口水，續道：「我的意思是這種強度的靈力表現，卻在恆久流傳下來的故事中，都只是流於『外人闖入靈體的領域，而靈體現相。生人驚嚇逃離』的程度。這些傳說的生人，幾乎都可以逃離開去，也沒有甚麼損傷。這麼強力的靈能，僅讓生人受驚，卻沒有把人弄死。這不是很奇怪嗎？甚至更多時候，亡魂更像是無意識露個臉出來一樣。」

「地縛靈是九怨鬱心，身死不化所產生的另類生命體，這是肯定的。由於含怨而存，成為惡靈，害死生人，這與傳說也是吻合的。但我認為它們不可能是無差別攻擊的，每年總有含怨而逝的人吧？每個都能害人，我們早就無時安寧。所以我們的祖先在鬼怪的傳說上，總要加上一些條件才能讓它們大顯神通。現在從民俗學的角度來說，當然不少是一些善意的規勸，比如我剛剛叫你不要輕易回應陌生人就是其中之一。但總的來說我更著眼……」

「哦！所以它害的只能是與自己有共通點的人。」英夫不自覺地打斷了歐文的推理演說。

歐文重重的咳了一聲，語帶不悅地說：「英夫，紳士也不會打斷別人的說話，尤其是對著前輩。注意你的禮儀。」同時手放到英夫的頭上，不斷搓弄他的頭髮：「但你說對了。」

雖然得到歐文的讚美，但英夫沒有很高興。

他一直擔心回程的路。進入小徑後，只感到一直往裡走，大概是東的方位吧？走了很久，水所剩無幾，然而周邊的景色卻還是一樣，跟剛進來的時候一樣。

雄黃粉的袋子已愈來愈小。

英夫偷偷瞧了幾瞧歐文，發現他嘴唇緊閉，彷彿失卻了平日的從容。

終於，英夫不安地說：「先生，我們，要不要先回去，再準備一下？或者，我們向齋藤女士解釋一下，請些公家的人一起來……」

說時，英夫感到鼻子癢癢的，本能地伸手去撥了一撥。發現手指居然沾上了血跡。他的心臟像被重擊了一下，激烈地跳動。定睛一看，才發現只是指頭染了些腥紅色。適時，一陣奇特的花香傳入鼻中。說它奇特是因為你明確知道是櫻花的香味，卻又絕不僅止如此。就像香水點化到女人身上時，沿著頸項遊移嗅吸，總會知道底味是甚麼，卻又總不是那種東西。那些香味都帶著一層幽玄的味道。

眼前飄落更多的花瓣。

「英夫，抬起你的頭。」一株巨木聳立眼前。明明大得出奇，四五十人才可以圍上一圈，但直至此時此刻，從不曾出現在視野之中。

再往上看，吊著四具屍體，有一具已經腐朽見骨，其餘的眉目尚可辨識，但從身穿女子校生的制服來說，顯然一律是年青女子。

旁邊的樹枝則有些女屍攔腰垂掛，或躺或臥。她們手腳的骨肉仍在，可見死去沒多久。這些女屍有些還拿著些樹枝。整個模樣像極祭典時舞動的巫女。

「看，從穿著來說，她們很明顯都是少女，但又是截然不同的兩批人。可能真的與我的預想不謀而合。」歐文扭頭吩咐英夫：「還愣著幹甚麼，快拍照。要好好紀錄下來研究研究。」

正當英夫走近樹根處，才發現巨木後方又有不少屍體，旁邊散落了些玻璃油燈、衣服、帳篷、背包……數目雖豐但款式相差無幾。

有些男屍的頸項誇張地側向一面，倒像是庭園中的盆景。他們大多體無完膚，身上有無數細小的圓型創傷，有些還有一小截樹枝插著身體。有些則筆直地在頸側插著一根樹枝。那些樹枝像有生命一樣在這幽暗的樹海仍蕩漾著光澤。

「他們……難道……是被樹枝插死？」這念頭同時在英夫與歐文心裡響起。二人面向對方，久久未言。

最終，歐文看到了。看到了那個他熟悉而又陌生的男孩的臉，像是被封存一樣還沒腐化，只是蒼白得很。他從來沒有這麼近地看過他的臉，眼鏡下的眉毛，原來跟他母親一樣，拱型，眉弓有點散亂。

歐文沒有再說任何話，英夫也就不說甚麼話。

英夫把周圍的情況 統統拍了一遍。不過在拍攝齋藤家的男生時，歐文卻把鏡頭擋住了。他親自把樹枝拔出，好好地為男生整理衣衫，給他穿上麻質西裝。合什躬身，念念有詞，親自為男生拍照。

回程時，歐文十分仔細地從遺下的雄黃粉，在筆記上紀錄好步數、轉折處的方位等，以便勾勒出一條大致清晰的道路。

從小道閃出來的一刻，兩人已失卻開化青年的模樣，髒亂得很，不斷拍拭。

英夫若有所思。他掃了掃自己的頭髮，果然只有雄黃粉的味道。

英夫抓起歐文的手，鼻子停在了它的傷口：「先生！你手的味道跟那些花香是一樣的！」二人不約而同到處張望，彷彿老樵婦就在附近看著他們微笑。

回到城裡，歐文把巨木位置報告完齋藤家後，警察便一個勁兒出發了，以為終於可以解決這件牽涉眾多名流的案件，一吐烏氣。但他們不僅仍是一無所獲，還賠上了一隊人。至此，再沒有人願意調查。他們還一度懷疑歐文為了搏取貴族的信任，捏造消息。執意要把歐文二人入獄，不知何故最終還是平息了，甚至連新聞都沒有一丁半點的消息。

這事成了流傳在酒館茶室的談資，活躍在部分人之間好一段時間。有些人醉酒時，還聲稱知道些內情，一口咬定這事不能怪警察辦事不力，惱羞成怒，絕對是公家委托的三流偵探的錯。提供的路線不僅無效，事實上連照片也根本沒拍到甚麼，只是一團扭曲模糊的圖象，明顯是個想混飯吃的超能力者欺世盜名。

……

在一間辦公室裡，一個梳妝整齊，頭挽圓髻的中年婦人正在閱讀一份報告書。上面幾段寫道：

……這次事件很大可能是地縛靈作祟。地縛靈一直是我國及東亞地區流傳的死後概念。傳統上認為是因為無盡的大地之力，加上靈體死時的心之力，而轉化成停駐土地上的靈體。然而，結合西學的研究，方能對它們的特性理解得更透徹。

首先是靈體的能量產生問題，能量必定有一個生產過程，地縛靈的力量來源相信是它們不停重覆死前的經歷而來。透過不斷經歷最刻骨銘心的事件來產生能量。因此它們不是有意識地找出受害人，而是無意識地散發出能量磁場，吸引到與它們相似的人。

它們本身只能影響身份和遭遇相近的人，但在一些特別的場所裡——一些能夠增加靈能的地方——當它們害死的人愈來愈多的時候，能量場會不斷累積，力量會不斷擴大。可以推斷其中必然存在一些身份和經歷與之前的人不太一樣。當受害人愈來愈多，這個靈能量場就會形成一個獨特的空間，使死者的經歷互相混雜，形成西學提出過的多重宇宙——一種對世界的假設。該理論假設我們在不同的選擇下，會分化出不同的時空。這些時空都是並存且同時進行的。這在生人的經驗上是難以解釋的，原因是每個個體都有獨特的、屬於自身肉體的經驗，但靈體則沒有這層「肉體的經驗」，使它們非常容易把不同人在不同時空的經驗交互體驗，令記憶錯雜。雖然這個理論至今未能確證，但相信用在這次的地縛靈事件，就能解釋到為何遇害者的身份遭遇相近，卻又不是一樣的情況，也會受到靈能量場的影響。故此，放任愈久的地縛靈，力量會愈來愈強，原因就在於生產靈能的靈數愈來愈博雜……

婦人把報告書掩卷放到一旁，把夾雜其中的照片拿起來，淚水滑落到報告書上，化出像是櫻花般的圖案。一陣敲門聲後，她趕緊把一切都鎖到抽屜，擦乾淚水，面對鏡子整理一下儀容。她撫著自己的眉毛，覺得又是修剪的時候了。

# 痛苦

「我痛苦。真的很痛苦。」他說著。他的臉確實露出痛苦、垂頭喪氣的模樣。我一下子想，人的精神狀態果然對人的外貌帶來影響——不然，怎麼他長著一張大眾的臉，痛苦的時候卻長得那麼不同？說不上好看，卻顯得輪廓清晰，至少讓我覺得他是個獨別的人，連帶他的痛苦似乎也是獨特的。

「我懂，但大家都痛苦。」他的朋友在旁安慰他。

「你不懂，如果你也痛苦，那麼我的痛苦一定比你痛苦。」

「每個人都有難處啊。」

「不，我不能感受你的痛苦，所以你怎麼痛苦我也不知道的，但我能感受到我的痛苦，所以我比任何人都痛苦。」

哎啊，真是個自私的人。或許他的朋友會這樣想。

在這個強調個人獨特之處的自由社會，談起人的痛苦時卻又覺得所有人的痛苦都一樣啊。真可怕。

「我不懂你的痛苦啊。你可以多說一點嗎？」我對他說。

在聽他訴說自己的痛苦時，還真覺得他的痛苦畢竟是他的，聽完還不太懂，例如，他說電梯上的左行右企，但左邊根本沒有人行，誰都不企在左邊，寧願再多等一點時間企在右邊，他說這樣就不得不感到痛苦。直到後來他從高處跳下去後，我還是不懂他的痛苦在哪裡，或許這就是痛苦的特點吧？

他的女朋友後來得了抑鬱。一天，她在大街上崩潰地哭起來，跪在地上，引來旁人奇怪的目光。她對同行的朋友說：「我很痛苦，你懂嗎？」

朋友說：「我懂，我懂，我也很痛苦。」

我心想，她也會跳下來吧？

# 另一種痛苦

我猜想那位朋友是會跳樓的。

我有點不高興。

不是因為她死了，而是她恰恰真的跳下來了。

我知道她會自殺，但不希望她用跳的。

因為，我是文學家。

我猜到她會跳樓，也猜到她的男友會跳樓。他們倆是如此這般的活得卑微，怎麼可能抵受得了世間的惡意？心靈也不敏感，自然不會抑鬱。不跳樓，還能怎樣？

只是這死法也太符合人設了吧？

很多人寫文，是希望掌控那麼些在人世間未能手執的權力與希望，沉醉在扮演上帝的一剎。只要故事按他們的喜好變化，就滿足了。

但文學之所以是文學，不同於文章，就在於它完成了人世間那麼一點不完美。

人間萬世，總是不能如願的居多吧？不然為甚麼要趕著看那一簇簇的櫻花瓣墜落？

我在作品中已經要想出很多讓人滿意的橋段了。過於複製與過於脫離現實，都不能讓人滿意。

啊啊！雖然已經發生很多次，但我不想習慣。人間啊，就不能讓我看看不一樣的風景嗎？

我跳下去就能獲得心中的平安？

不行啊。

死了的話還怎麼寫出讓人感動的作品。只好繼續承受這種痛苦吧。

# 故事的故事

（上）

「我想寫一個故事。」

「怎樣的故事？」

「一對熱戀中的情侶，從大學戀愛，畢業後順利地結婚，也計劃生小孩。豈料結婚後一年，那女子被發現患上先天性肺動脈高壓，導致心臟衰竭。醫生說適當治療也可有與一般人相若的壽命，但不能生小孩。可是，生小孩是女子的夢想，而她的丈夫不想她冒險。但女子堅持要小朋友，最後，她的丈夫被她說服了，說好吧，但她要一直聽從醫生指示，好好休息。懷孕時一直沒有大礙，直到臨盆時，女子果然出現性命危險，最後死了。唯有胎兒保得住。」

「暫時也是個頗正常的故事。」

「那男的自此活在自責底下，終日飲酒至爛醉，不上班被解僱，一蹶不振，也不懂照顧小孩——即是他可愛的女兒，要岳父母代他照顧。終於，他身邊的人都受不了他的頹廢，罵醒佢，幫他振作。男子最終知道他的女兒是太太為他留下的、最後的禮物，希望他好好活下去。於是，男子重新振作，找工作，養起女兒，不再酗酒。當他望著自己的女兒，彷彿看到他深愛的太太一樣，便充滿希望與朝氣。而女兒亦很懂事，發奮讀書，不用旁人操心。後來，她考到很好的大學。」

「可以入正題了嗎？」

「當女兒考入大學時，男子看著她，彷彿見到自己初相識的太太一樣。他心中湧起很多感觸，禁不住落淚。女兒見到這情形，去問爸爸發生甚麼事，為甚麼哭。他就在那時把女兒強姦了。那女兒，受了刺激，瘋了。」

「好吧。我相信這個故事會令人驚喜。」

## （中）

「坦白說，你這情況不適宜懷孕。」那時醫生冷靜地重覆他的結論。

妻子哭了很久。自我於大學認識她以來，從未見過她如此哭過。我知道組織家庭、生兒育女是她的夢想。這個突如其來的消息徹底將她的夢摧毀。但不是全無希望吧？醫生不是說也有成功例子嗎？她哭過後對我說，臉上還殘留在淚痕，卻展露著充滿希望的笑容。我從她堅定的語氣就知道，她不會放棄為我生一個小孩。確實有成功例子，但成功率，嗯，一半一半，身為醫生，我只能建議你做最合乎健康與安全的事，不能阻止你做任何事，但你做任何事情我都會協助你令你安全。醫生這樣說。我對妻子說，好吧，那麼你把工作辭了，全心全意休養，為生孩子做好準備吧，好嗎？她說好，然後為了孩子，付出了所有耐心和時間，結果卻死了，只留下孩子與我。

我在那時候學會飲酒。不，就是學不會才會每次都醉吧？起初宿醉，岳父岳母怕我撐不住，替我照顧女兒；公司打電話來找我問我怎麼了，休息幾天再上班吧，但之後我經常缺勤，公司就把我解僱了。岳父岳母看到頹廢的我，把我大罵一場，然後竟然哭了，說當初妻子如何在他們面前讚稱我，如何愛我，希望為我生一個孩子……

我終於明白了。女兒是她留給我的最大的禮物吧？她看到我這個模樣，肯定也會把我痛罵，然後又像那時一樣大哭一場……

（下）

「那麼，之後呢？」

「我知道，妻子一定想我好好活下去吧？我下定決心振作，找新工作，養起女兒。我也再不飲酒了。當我望著自己的女兒，彷彿看到我深愛的太太一樣，便充滿希望與朝氣。女兒亦很懂事，發奮讀書，不用我操心。後來，她考到很好的大學。」

「嗯。這我都知道了。那麼，之後呢？」

「當女兒考入大學時，我看著她，彷彿見到自己初相識的太太一樣。我心中湧起很多感觸，禁不住落淚。女兒見到這情形，去問我發生甚麼事，為甚麼哭。就在那時，我就把女兒強姦。」

「好的。我明白了，這樣，我就知道怎樣治療了。謝謝你。」

林教授說罷便帶我離開了。

被自己最親的人……怪不得瘋了。真可憐。我心想。

「林教授，這樣就好了嗎？不多問他在那之後的事？」我問。

「不，不用了。之後的事，我們都知道了。我們不是都問過了嗎？」

我就打住沒有再問下去。這學期我跟林教授實習，學習治療創傷後遺症的方法。能夠遇上這個案，真是獲益良多。

……

「他十多年來每一天『阿惠』、『阿惠』的叫。他是叫我嗎？還是叫我的母親？他竟然把我的名字取成母親的名字。十多年來，或許他不知道我的存在吧？我只覺得他有精神病，但你們說他沒有就沒有吧。這次，他企圖強姦我。這真是好機會。我就報警了。聽說，他瘋了，真的嗎？不，其實他一直是瘋的吧？」

# 咖啡

伸手輕點窗邊射入的晨光
他即在廚房碎成粉末散落一地
我趕緊在它們結化前拿起掃子
掃進青花瓷碗
手終究快不過淚水
還是有些結成一小叢像墳墓的白丘
我不忍觸碰因為帶電的它們會把我捲回快樂的漩渦

釘立凝望達世紀之久
琉璃的夏晨默默褪變成澪冽的冬陽
才驚覺
廚窗襲來的冬風
輕輕把他潛走
路過的螞蟻也在墓土印上足跡以示哀戚

骨碌
枯渴的喉頭分泌出吞噬一切的渴望
我不願他如此毫無道理被抽離我身
唯有忍受殛電之痛
開動咖啡機
怒吼的轟鳴聲絞裂我們的曾經

把剩下的他倒進他剩下的咖啡粉
和出一杯苦

骨碌
苦味仍從腦尖共震至腳底
口水稀釋著靈魂
萃取到胃裡揉合
緊擁這無法分離的重逢

* 〈咖啡〉曾刊登於《聲韻詩刊》第六十六期

# 美的東西

「最近我想毀滅美的東西。」我不過是發出這樣的牢騷，他就帶我去一家西餐廳，參加砸碗碟活動。

那餐廳平常供應不過不失的外國食物、平平無奇的自助餐，建築與環境說不上美也說不上醜。然而，每個月最後的星期日晚上七點，它會舉行砸碗碟活動，顧客可隨意將碗碟任意砸爛抒壓。餐廳的氣氛就像鬧市的平凡人戴上怪盜面具一樣，變得無比吸引。

這晚，我們到這裡吃過晚飯後在等待七點的到來。

「說實在的，這等於付錢讓它換餐具。每三十日就把所有碗碟砸爛，換一批新的，真有商業頭腦。」我說。

「很減壓的，不信？」他說。

七點來到時，遠處就傳來一隻瓷碟被丟到地上清脆的聲音。像吹響哨子，全場一遍哄動，歡笑聲此起彼落。我們也跟著把桌上的碗碗碟碟逐個砸爛。

這確實抒壓啊。

但這不是美的東西吧？

設計倒是精美，但又平凡又被多次用過的碗碗碟碟又怎能美？

他真是完全享受砸爛碗碟的過程，與平時精神繃緊的他判若兩人，於嚴肅之間散發出未泯的童心，彷彿衰老的東西正在眼前還原。他舉高那隻碟時，起了皺褶的恤衫也被扯高，露出隆起的幾塊腹肌。在他露出笑容時，他的臉看起來像肚皮一樣富有彈性。

我想毀滅美的東西。

# 紋

關於這件事，我已經幾乎沒有記憶，但在我朦朧的印象之中，我手握著那顆檸檬（單手還是雙手？），去咬它（有沒有猶豫過呢？），但牙齒沒有力，只能啃它的外皮，以嘴唇觸碰它果皮凹凸不平的紋，那種酸甜的香味充盈我的鼻。之後發生甚麼事呢？我想不起，但我並沒有咬到它的果肉，否則我應該會想起它的味道吧？

正因為印象模糊，那應該是發生在兒時吧？總之，我對這事情的背景已毫無頭緒，但檸檬的質感像榫卯一樣嵌在我的感官裡，以後每逢我的嘴唇的紋碰上柔軟之物時——通常是食物，但有時不是——總好像觸發了我感知酸與甜的味蕾一般，散發著檸檬的氣味，總使我的心情像檸檬一樣清爽。

我結婚了。她是個咖啡師。

我是怎麼愛上她呢？當檸檬在我的感官盤旋時，她為我遞上一杯咖啡，那濃郁的澀使我平靜下來。

她說我接吻的技巧很純熟，問我以前是不是有很多女朋友，她又是第幾個？我說，沒有啊，你是第一個，也是唯一一個。但我的接吻技巧不錯嗎？哈哈。其實我也不知道啊。你喜歡嗎？那我以後多親你一點，好嗎？

那是結婚當晚的事。當晚，我們緊抱著對方親吻。我總覺得房間彌漫著檸檬與咖啡的香味，我內心像被喚起甚麼一樣，驅動我向她擁吻，她的唇紋與我的唇紋碰撞，不知多久，我們相擁入眠。

我們的孩子誕生了。他就像所有嬰孩一樣，用手摸、用口嚐，以感官認識世界。妻子抱怨說，孩子甚麼都摸，又把玩具甚麼的都放進口，太骯髒了。我說，不如給他顆檸檬，他覺得太酸了，以後就不敢甚麼都放進口了。哈哈。於是，正在煮咖啡的妻子順手擺了一顆檸檬在孩子面前。孩子不夠力把它咬開，只雙手捧著檸檬，啜它的外皮。

「將來他一定是個接吻高手。」我說。妻子問，為甚麼？我說，這是我的直覺啊。

# 清酒

「喂，最近還好嗎？」他抬頭後將一條毛巾摺疊敷在雙眼，展開雙手搭在兩旁的卵石上。隨著泉水攀升的氤氳煙霧伴著放鬆全身的礦物味、從竹製添水源源不絕地湧出的熱水，水聲敲響了竹又在溫泉中擊起水花。他眼前只有一個漆黑幽玄的空間。

沒有回應。

但他在問誰呢？這好像是他問自己的問題，因為真正活得如意的人，從不察覺到別人的不如意。

「啊，還好吧。」朋友回答。朋友就在他的對面。「你呢？」

「我啊……都是這樣吧。但我想沒有你好。」他聽得回應後內心安穩了一些。「你還是那麼年輕呢，我卻老了。」他說。他從那多年不變的聲音判斷他的歲數果然是停住的，朋友在這麼多年來，似乎沒有怎麼老過。

「喝杯清酒？」朋友問。

「泡溫泉就不喝酒了，年紀大，負荷不來。」他答。

「那，老了，也別泡那麼久。」

「你要走了嗎？」他問。

沒有回應。

他從彌漫著煙霧的半開放私人溫泉裡站起來，在浴室擦乾全身，穿上浴袍，回到自己的房間。

那榻榻米上的炬燵擺了兩個酒杯。他將一杯一飲而盡。那是清酒。

# 閑坐

我最近很喜歡在夜裡去海濱公園閑坐。那裡有很多很多的長椅，所以有很多很多的情侶。最佳的時間大約在九點十點，星光燈光減褪之時。

「我以為我還很喜歡你，原來我有意無意地跟你繼續聊天，只是想一直給予你痛苦。這樣與你維持關係，就好像在看一個溺水的人慢慢掙扎而死。特別殘忍，特別解氣，但我必須強調，我沒有特別憎恨你。只是，看著他人痛苦，會很愉快，而我能夠讓其痛苦的人，大約只有你了。我現在有點理解，我那個不再理會我的前度，原來靈魂是多麼的高貴。我們還是不要再聯絡了吧？」悄悄話從一位齊瀏海長頭髮的女士口中傳出。

相信經驗豐富的各位自然知道，不能怪責這位女士，我確信她並非有意說給旁人知道的，只是那些該死的長椅通常都很近，而黑幕保護下的愛侶又總是特別旁若無人。

男人小聲地說了一句，靠近女人，擁吻起來。

吻分。

「你，總是把我想得太簡單，把自己想得太深沉。」男人淡淡然地說，當然，也是小聲的悄悄話。

「嗄？」

「你以為我不知道嗎？」頓了頓，男人繼續說：「這種痛苦，嘩，痛苦，這個詞，你就以為真的只能讓人痛苦嗎？你就沒想過我也是借助這種痛苦，來得到快感嗎？跟你聊天，就好像把傷口上的痴撕走，讓它再流血，讓它再發癢，讓它再結疤。很變態很瘋狂嗎？但如果人生不痛不癢，那我為甚麼要成為文學家呢？My Love。」男人一邊說著，一邊好像有點咬牙切齒。當然，他的聲量還是很小的。

「還有，不要否認，你我還是有愛的。不過不再是以前那種，暫時來說。」他很自信地說。

最後，他們的一個長吻終結今天的對話，離開時攜著手，走了會，又分開了。

# 靈性

（上）

「凡自殺的動物都有靈性吧？」一個同學想。洪洪作響的猛風在他身旁刮過，然而他腦海中只浮現幾年前某個安靜的研討會。

「各位，我們每人說出一種有靈性的動物。我領頭的，那我就先說了：人。」教授說。在這個遲早關門的哲學系裡，幾個學生與他正在進行討論。

「貓。」

「狗。」

「海豚。」

「哈，都是哺乳類動物，那我來點特別的：鸚鵡。」

「人、貓、狗、海豚、鸚鵡都有靈性。有人反對嗎？」

沒有人提出異議。

「但怎樣看出動物有靈性呢？」

幾個學生在討論，談到有靈性的動物，大多似乎都是哺乳類動物，但鸚鵡卻例外。因為有鸚鵡與海豚，所以有靈性的生物，不獨於在陸地生活的生物。他們又舉了猴子、象等例子，試圖歸納一些共通點。

「或者，牠們都有學習能力。」

「金魚也有，但我們通常不說金魚有靈性。」

「老師，這個問題很簡單。『靈性』就是追求精神滿足。貓狗——不，以上提及的的動物，也會追求生存以外的東西，例如貓狗需要主人的愛，若被遺棄，就抑鬱了。就像人也想獲得愛情、關心，得不到，也一樣抑鬱。」

幾個同學安靜思考。

「你覺得海豚有靈性，因為要追求精神滿足，例如自由。可是，你從何得知牠渴望自由呢？我的意思是，並非因人類渴望自由，就可判斷其他動物也一樣。你很難判斷一條海豚抑鬱，也不能說一條流浪狗是開心還是不開心。——老師的問題是，『怎樣看出』吧？」

「凡自殺的動物都有靈性吧？」一個同學說。空氣像靜止一樣，彷彿連微塵也停留在半空中，然而，他腦海像刮起暴風的大海一樣翻騰。

（下）

他一躍而下。

# 天堂的花

正當我在眾多優雅極了的花籃面前猶豫著買哪一個時，一隻蜜蜂在一朵盛開的葉牡丹上盤旋。花的旁邊有粉黃玫瑰、白菊花、粉紅菊花，和帶淺綠的百合。我無法不被這淡雅和清新的花吸引住。那蜜蜂撲在看來沒有花芯的花上，震動的翅膀彈著幾點水珠的畫面，將我從選擇困難症中拯救出來。——「就這個吧。」於是我把它買下來。

……

當我看到他時，只見他被廣袤無垠的花海簇擁著。晴朗的藍天只有一條帶狀白雲，那是飛機飛過的雲嗎？卻更像一個巨大的油掃拖著白色的漆掠過一樣。他站在中心，周圍都是花，百合、菊花、牡丹、鬱金香、蘭花、玫瑰、羽衣甘藍……還有一些說不出花名來的。花多得連顏色也無法名狀，光是黃的、紅的、藍的，光是深淺不同，就不能單純用黃的、紅的、藍的來概括。

他被花海簇擁著。

花的周圍還有很多葉，這些綠色就像在說，與其把這裡稱為花園，倒不如是在森林的某處築起的一間小屋。金黃色的陽光從樹間照射進來，照在他的背，像個降臨在花海間的天使一樣。

「這是你買的花啊。」他指著那葉牡丹，花上還有幾點露水停留。「多謝！」

一陣微風吹來，一些花瓣被捲到天上，那吹雪般的花瓣撲到臉上，我得閉著眼，唯有轉過頭來才能望張開眼睛。

「這裡環境不錯啊。」我打算這麼說，但我知道已經毋須回頭對他說，因為，他已經不在了吧？在我離開的時候，有一隻蜜蜂飛到天空上，沿著那白雲飛到遠處。

# 春天

我相信一個成人，總有過不多不少的殺人時刻。

畢竟這世上的賤人那麼多。

以上是我對著面前的朋友說的話。

說的同時，我把盆中的聖女果放到嘴裡。咬下堅實的果皮，鮮酸與微甜疊次噴發，交融在口中，迸發最後力氣掙脫的種子飛到她白色羊毛上衣的衣袖，但並不顯眼。

雨忽然又下了。我們的位置剛好沒被打濕，但也有些微雨粉被亂風吹到桌邊。不快的情緒油然而生，我把「真可惡」留在肚裡沒有出口。

朋友非常仔細地品嚐沙律，還加了些許黑醋攪拌，不斷地把芝麻菜放進嘴裡細嚼，以至根本沒有回覆我的說話。

「啊，我指的是那種心底裡想那人死掉的衝動。」我補充道。

朋友撥弄著那把栗黃色的長頭髮，最後把一邊的髮絲撥到耳後扣著，說：「這很正常啊。怎，今天有想殺誰嗎？」

「今天跟你約會，怎會有。」我嗤聲道。

「我有啊。」

我還在喝那帶櫻桃味的黑咖啡，實在喜歡不來。才發現她輕描淡寫地說出一句「我有啊。」我急急把那像燒烤過度的味兒吞下肚，想問出那句「誰啊？」時，她像看穿我一樣，答案悠悠地從口中娓娓轉出。

「我每年都有想謀殺的後悔。說是後悔，是因為那種足以讓我起殺意的想法，總是事過境遷才浮現。既然都過去了，也就不再衝動。」

她也喝起咖啡來，手指還傘開，輕輕地翹起：「如果我能及時察覺自己的心意，我應該不像你只有想的衝動。」

喉嚨終於嚐完炮烙之苦，帶著沙啞的聲音問道：「……今天的……是誰呢？」

她眼神霎時銳利，把咖啡從餐廳往街道上撥去。我想像著那濁黑熱燙的液體混合到晶盈冷冽的雨滴，落到樓下會怎樣。她便接著說。

你只能想到殺人這麼平凡嗎？

——靠咖啡燙死人嗎？——

——平凡？當然吧？我不就是個凡人嗎？——

頂好的菜，不錯的人，卻配上變壞的天。高貴如藝術品的鞋跟永遠踩著這不知道何時泛潮的濕透地面，以至於衣服被你弄髒了我也無力追究。

——原來她知道。——

這南方的春天不就讓人足夠惱恨？

——樓下的人有濺到嗎？——

我想把這個三月殺死。

你不想嗎？

抬頭時，餐廳的射燈正好照到站起來的她頭上。她成為了阿芙蘿黛蒂。

我這才確定是我不恰當的問題，才引發她的衝動。

為了表示歉意，我不僅把咖啡撥出去，把杯子盤子也摔下去。

零落的碎裂聲成為了暴雨聲的和弦。

# 請循其本

「我不能忍受隻影形單。」這是他對於我一個普通得不能再普通的問題的回覆。

我覺得他不必在我面前耍帥，反正我不是女人，他也不是雙性戀。重點是他還有個溫婉可人的伴侶。

「你不覺得它們一雙一對，很幸福嗎？」他撥了撥梳得老高而毫不相襯的油頭，眼睛注視著窗外的景色慵懶地說。

我知道他又要開始侃侃而談。

「這世上一切的不幸，不就是無法廝守，孤單終老嗎？」他邊說邊把頭抬起，仰視天際白雲。

就在我看到他的下巴時，才有了一息停歇。

「你要把事情說到這份上，也是……也是對的啦……但，怎麼說呢……啊，我實在沒想到我的那個問題居然如此哲學。」

「華生，這就是你的毛病了。」他迅速且斬釘截鐵地道。

「說實話，我有時候還真的接受不了你如此……」

「安靜？」我試探地搶答。

「平庸。」他無縫地補答。

「為甚麼你不能把任何事情都處理得浪漫一點？我為無法感染你的自己感到悲哀。」我知道他是說真的。

「喂喂，你還沒有回答我的問題。」雖然有點惱怒但我仍然心平氣和地回應。

「我早就回答了啦。你試試回想我們一開始的對話？你看，你根本一點都不藝術。不過，我會繼續和你做朋友的，因為我們是多年朋友嘛。」他的笑容陽光燦爛，眼神天真無邪。

就在我們愉快地繼續收拾他的家居時，我腦中再次浮現今天甫到其家時的疑問：「為甚麼你家裡一堆堆重複的東西？」

同樣的盆栽，同樣的裝飾，同樣的衣櫃，同樣的燈，同樣的衫，同樣的鞋，同樣的書，同樣的筆……

話音欲發，但在我瞥見他溫暖的笑容時，提問的衝動就隨之而逝了。

# 蜩

「蜩，也是蟬，你們聽過『寒蟬』、『晚蟬』嗎？這樣的名稱確實有詩意，然而，它不止在晚間出沒。在日語裡，漢字也可寫作『日暮』。」老師說。不知為何，我想往窗外望，但我還是微微低著頭，凝視著桌子。

「日暮……我想，再也找不到比這更悲哀、更優美的叫法。」

「啊！牠的叫聲是『卡那卡那』的叫，這真的悲哀呢……」我望望窗外，天空是近乎火燄的金黃色。

「將要日暮了，『夕陽無限好』，也是讓人留戀。」

我在陽光與黑板之間看到飛揚的塵，有一股乾燥的氣味，一時間，課室內唯一的動態就只有那飛舞的塵。

「你們知道嗎？留戀和悲哀的日文，都是一樣的。」老師補充。不知何時起，天空逐漸染成紫色。窗外沒有樹，但遠處彷彿傳來蟬鳴，還有一個孩子對著牆壁踢足球。牆壁把球反彈了，他又拾起來，放在腳邊，又踢過去。

「夜了，回家吧！」老師以一如以往的聲調，在入夜前趕我們回家。

「再見！」

「再見……」

我關上薄薄的木門後，聽到老師在吟誦著俳句。我們止住腳步，就在門外靜聽。

鏗鏗啾啾
日暮鳴叫之聲
悲兮憐兮

我們離開了學校。那孩子已不見蹤影。地面剩下那足球。刺眼的斜陽照著足球，映出一個橢圓的倒影。那倒影的尖端還差一點，才觸摸到那磚牆。

# 蜜蜂

一隻蜜蜂從窗外飛來，在我忙極時飛進來，在我頭頂盤旋。窗框框著的蔚藍天空上有幾點白雲，框底有青綠的樹，而那蜜蜂的黃縟上一點立體鮮艷。

——叫蜜蜂沒有錯。毋須看牠的絨毛，只從牠微小的體形就知道那是蜜蜂，而不是黃蜂。記得學校老師說過，黃蜂會攻擊蜜蜂；蜜蜂製蜜，但黃蜂不會；愛恩斯坦說過，若沒有蜜蜂，地球就……

——我取出一塊電蚊拍，啪一聲將牠擊落，牠躺在地上動彈不得。

在我一邊對著電腦發送電郵時，順道給朋友傳了訊息：「我殺生了。殺了隻蜜蜂。」

「你造孽了，蜜蜂是益蟲。」他回覆。

殺生是沒有大不了的，但「造孽」畢竟使我耿耿於懷。我不想的，牠為甚麼要在我最忙的時候進來呢？我覺得這不過是件小事，不知怎的，卻纏繞著我的內心，使我無法不去沏一杯茶冷靜自己。

沏好出來後，蜜蜂消失了。牠還活著的，飛走了吧。

彌補殺生之過的最佳方法是讓牠復活。我感到一陣安慰。微風吹來，讓我意識到今天是這個月來唯一好天氣的一日。

第二日，蜜蜂又飛來。那黃色的身軀就像天藍色衣服上脫落的鈕扣，在窗框中飛來飛去。

我惬意地按著鍵盤。

# 貨不對辦

「為甚麼？交往前就甚麼都答應，甚麼都說是是是，甚麼都說改改改，但最後總是貨！不！對！辦！」她這問題彷彿由十年前未跟這老公結婚時已經問過。我依稀記得，那時我們好像是在海傍。

「但貨不對辦，不是常態嗎？」我不禁啞然，有點笑意反問。為了不笑出來，我只好借勢點了一杯瑪格麗特。

「怎麼會，大家都是成年人了，要兌現自己的承諾。」她語義堅定地否定我。莫希托已喝完，她只好吃一口在面前擺放多時的牛排。牛排旁有幾道礙眼的水痕，我已分不清那是杯上的水還是她的口水。

「那也要對方是個成熟的人，好嗎？你們兩個性格南轅北轍，一高一低，一熟一嫩，根本不適合嘛。」我悠然地說。

話說出口，她繼續反駁我，但說話已經只停在耳中，沒有再往裡去。因為我被自己的說話吸引了。

不適合的人可能才真的適合結婚，才能夠長久。應該說，只有極少絕對適合的情侶才能步入婚姻。那時，即使陰翳如我，也不能詛咒這些人，這樣實在太缺德了。就像看到曇花盛放，你也會靜靜地看著直至凋敝而毫不干涉一樣。

因為永遠不知道對方想甚麼，只要你不過問，且無限信任，自然能留有很大的想像空間——往美好那方面去想的空間。愛情靠的不就是燃燒自家的幻想嘛——對對方的美好和對自己付出的偉大幻想。跟一個和自己完全相同的人在一起，多沒意思。

「你還不想離婚吧？喝完這杯早點回家做你的賢妻吧。」我以為可以完了。

「再多喝瓶紅酒才走嘛。今日星期五，他八成會夜歸的。我請。」她露出燦爛的笑容。

# 錯誤

去年我犯了一個錯誤。

「你對我的看法是錯誤的。」她又打來，帶著哭聲。

〝唉，我每次都錯的啦。〞我懶洋洋繼續躺在床上，聽她怎麼解構自己。

「你之前說我有心拆散人家，我想了幾天，我想跟你講清楚：我！不！是！」

看來她又要長篇大論地說明我怎麼誤會。我立馬打開電話的擴音模式，隨後走到廚房。十點鐘，正好吃個夜宵。

「我澄清一句，我沒有說你有心。」我把電話擱到料理臺上，將那包買了幾個月仍未有空間品味的四十八個月西班牙黑毛豬火腿片拿出來。

「總之你意思是我害人一家而無罪惡感。」

〝難道你有過？〞

等水燒開之際，我才淡淡地回應了一句：「那你為甚麼跟那個男人約會呢？」

「我寂寞，我想有伴侶，聖誕耶，新年耶，想有人陪，這有錯嗎？女人要自己擁抱自己的幸福的。只是我遇到個賤人而已。」

〝對啊對啊。你每次都遇到賤人的啦。〞水開了，火關了。我小心翼翼把還在塑膠袋內的火腿片放到鍋裡泡上一分鐘的澡。

「但你約的是一個有女朋友的男人——而後來更被你查到他還有個三歲的孩子而當然老婆還在旁邊耶？」我刻意地帶點不悅說道，不過我估計她沒有感受到。因為每一次她都沒有感受到自己的罪。

「我一開始怎麼知道他有伴侶……」

「不是啊，你上次跟我說的時候不是說已知道的了嗎？」

「上次是三個月前，我在講的是今次。今次他再找上我，說很愛很愛很愛我，我當然心動啦，任何人都心動啦對不對？」

「他騙你現在單身？」不知道還有沒有紅酒剩下來。

「沒有……他說還有女朋友……」〝這不就結了嗎？〞還有支智利的赤霞珠，真好。

「那你還有甚麼事？」我盡量保持毫無語氣地道。

「你每次都這樣的，我是那個純真女孩，我被騙，你懂嗎？你應該站在我這邊。是他欺騙我，騙我沒有伴侶，騙我會分手，我才給他時間的……」

〝對啊對啊。所以你每次都……〞電話的鬧鈴聲打斷了我的思緒，哎，我忘了剛剛在想甚麼了。不過算了吧，反正也不重要；重要也沒有用，因為都不會說出口。其實這些在這一刻也不重要，我趕緊把塑料袋拿出來，用剪刀輕輕的剪開一個口，把油份都倒到碗內，才慢慢把熱燙的火腿放到碗內。

「你知道嗎，你害我活在罪疚之中惶恐終日兩天。我的人格，我的信仰，我是不會想去介入別人家庭的！」

「嗯啊，你不想，但你在做啊。」「這個人你不是在交友軟件認識的嗎？才認識三個月，見面也就一次，有必要這麼呼天搶地嗎？難道你……」我把紅酒倒到水晶杯裡，觀察著折射出來的霞紅色酒影。

「沒有！沒有！你就是這麼思想污穢。我們甚麼都沒幹。這就是我要打來澄清的原因，你說我做了很多事情讓人誤會才這麼慘，我甚麼都沒有做，我只是相信愛情！」

電話陸陸續續傳來叮叮咚咚的訊息聲，就好像爆發了一串煙火。

看到彈出來的訊息，我才驀然意識到自己無可救藥的錯。

嗯，我昨天真不該毫無避忌接上電話。

難得的元旦夜，為甚麼要這樣浪費掉了呢。我含著淚慢慢把火腿片放到嘴裡。我愧負了這隻黑毛豬精緻生活的兩年。

電話那頭傳來一連串的斷音。看來，她的電話似乎也不想她的廢話影響新一年的運程。

啊！我美好的、清靜的元旦夜！

# 魅力

扶著這女人出來時，她已經半醉。

感覺上沒有多晚。那條斜斜的酒吧街還是一樣的人多，音樂還是一樣的吵。以致我判別是否在酒吧裡，其實也不過是周遭黑漆還是光亮。

我一直在酒吧裡保持風趣地談笑，也假裝積極地回應，偶爾講幾句深入一點的話。這就夠了，是最好的招數。

我幾乎看到時間流逝的軌道在我眼前跑來跑去。等著個合適的時間點離開罷了，我和她都是。兩至三小時了吧？大概，應該。我們沒有問甚麼你家我家，很有默契的往大街上等出租車。她沒有餘暇反對，還在一股腦兒述說著她的故事。確切地說，她的默許是對我的禮貌最恰當的回禮。

不過我卻有點不太想去酒店。我對這女人沒甚麼感覺。其實，我猜想她也是。

大部分時間我也沒對這些女人有過感覺。她是不錯的，尤其在燈火通明之下仔細看，樣子端莊而親近，身型瘦削而略顯性感。不存在回絕的理由，但就是差了點甚麼。

就在我伸手招車之際，她猛力拉我往後，到了一處角落。她全身抖震起來，說看到他的前度經過，須讓她冷靜一下。片刻，她忽然很激動地連珠炮發：「為甚麼他這麼一個垃圾還可以有女朋友？他真的是一個垃圾，是垃圾啊！你懂嗎？一個垃圾男人啊，為甚麼還能有個好女人？」

講這幾句話的時候，她好像一點都不醉了，眼神注滿了靈魂。

我們突兀地站在一個人來人往的街角，開展她與前度的故事。

老實說，小說仍然是一本劣質小說，內容我沒記住，也不必記，反正這些故事都差不多，負心、吵架、劈腿、暴力、欺騙、玩弄、劣根性……都是這些元素。然而，大概這次，連這女人自己也不知道，她對於前度那份十分執著而激烈的情感，使平淡無奇的故事，在講述時變得趣味盎然。

縱使被口罩擋著，但我依然看出她生命力流曳全身的樣子。嘴唇的誘人模樣，胸口的起伏。

我的身體熱起來。

我忍不住把她按在牆上，拉起她的口罩吻了下去。

# 痛苦過後

痛苦過後，我又懷念痛苦了。

我愉快地對朋友這樣說。我想，只有痛苦才能寫得出好的詩、好的小說。

他笑一笑，說：不，你不懷念痛苦，你是擺脫了痛苦，才能愉快地懷念痛苦吧？懷念這回事，總帶點回不去的痛苦——你毫不痛苦，又怎會懷念痛苦呢？

我想，原來是我的愉快出賣了我。但他很快補充一句：你不用懷念啊，反正你很快又回到痛苦去了。

……

當我、妻子和兒子與大部分等著綠燈的人一樣邁步踏出馬路時，一輛汽車突然衝過來，它明明在煞車了，卻剛好撞到我的妻子和兒子。這是我首次感到所謂命運就埋藏在我的脈膊裡，它一直都在，只要感受它，就感受得到。

痛苦。好痛苦。在等待一切死後儀式的期間尤其痛苦。我唯有執筆寫起詩來，把我的痛苦釋放出來。

不知過了多少年，我感到我的痛苦早就稀釋了。我對朋友說，當年寫的詩沒有發表，雖然自覺還寫得不錯，卻不是甚麼破天荒的作品，於是便束之高閣了。

我沒有再對他說痛苦過後我又懷念痛苦了，畢竟那種痛苦確實太痛，任誰都不想再經歷吧？

然而在我心想著以前說過的這句天真的話時，他卻對我說：其實，你仍懷念痛苦吧？

怎麼可能？我答。我答了一遍，心裡又重複一遍：怎麼可能？

與他喝過咖啡後，我們步出咖啡店等待著過馬路，就像大部普通人一樣。

啊！我已經刻意避開那讓我感受到命運的馬路，但我又再感受到命運埋藏在我的脈膊內，而那脈膊正在猛烈地振動。

太好了，我覺得你變愉快了，下次再見吧。朋友說。我變愉快了嗎？原來我予人一種這樣的感覺，就連我自己也不知道呢……

我把手伸出，觸碰到了友人溫熱的背。久違的人體之熱。

綠燈了，我已行至對街。

身後傳來嘈雜的汽車響號聲。

我感覺自己還是頗懷念起痛苦來。

# 讀者已死

「Hello。」在我接受了某人的朋友請求後，聊天軟件迅速地彈出這麼的一句。

我禮貌地回覆了一句：「Hi。」

對方迅速地接二連三問起我的感情狀況、性取向等。

我沒想到朋友的朋友，第一次結識也會如此張狂。著實有被冒犯的感覺——即使是如盛開的夜櫻吸引，也不必失控地攀上樹上採折吧？我開始明白那些關於戀愛的清談節目，為甚麼總是告誡處男不要太猴急。

出於禮儀，我把不想回覆的提問略去，談話便愈發變得正常了。

聊一下也不壞吧？反正也是緣分。

「你是做甚麼的？」電話那頭輸入了這一句平常話。

「我是一個主宰生命的人。」我想了一想，毫不遲疑地輸入了這句話。

「哦，你是做廚師的嗎？」哈？我像是這麼簡單的人嗎？

「不是。」我仍然略帶平靜地回答。當然。對於一個連萍水都不算的人，怎麼可能激起我內心的波瀾呢。

「啊！難道你是醫生？這太棒了呢。WOW」哈？我像是這麼寡淡的人嗎？！

「我是當作家的。」我自覺很有禮貌。

「這算甚麼主宰生命的人？你真幽默呢^_^YY」

內心升起了一種異樣的感覺，我快速地鍵入：「我正在寫一本小說。我發現我有預言的能力。凡我取材之人，都會得到如我所寫的情節。」

「咦？有甚麼例子嗎？」終於顯得有興趣了吧！

「我把一個正在準備考研的朋友寫進故事裡，但我根據情節、主題等原因把他寫成落選了。結果他真的意外地沒有成功。」

「這不算甚麼吧？很多人也重考一次兩次。我有個師弟就……」後面的話我無意細看，這傢伙也太無禮了吧。一個被美照吸引的無聊人，好意思有這種質疑？

「我還把朋友的模範父母寫到故事裡，但沒有把事實全寫下去。那時在想，畢竟是文學創作，應該有我自己的虛擬建構。結果，我的想像卻實現了。」我手指抖震得接連鍵入好幾個錯誤字碼，才能把句子傳送出去。

「到底發生了甚麼？」哼，被我吸引了吧。

「他們各自都有第三者。後來我把這事告訴他們。他們非但沒有離婚，而且還因此更坦承更恩愛。」

「等等……這是在說書中的事還是現實的？」

「當然是書中的內容，你沒好好看的嗎？」

「但你用的是『我把事情告訴他們』，我以為……」這人是怎樣……連創作的用語都沒看懂嗎？

「不過這種狗血情節也不算特別吧？現代社會的戀愛模式本來就亂七八糟的……」你連我的作品都沒看過，居然恣意批評？你有資格嗎？

「看來我的作品能因為你而變得更好。不如約出來見見？(､∀`)」

我在小說寫下一個新情節：「我」有一天與相談甚歡的網友見面，他取笑「我」是個一事無成的人。結果「我」把他殺了。

這樣寫的話算寫實主義了吧？

# 生命的顏色

我與一個親密的朋友，在一間沒有名氣的居酒屋久違地聚會。

我們都喜歡這家店。因為這種店給人一種舒服的感覺——四周充斥莫名其妙的酒鬼，他們不大不少的聲浪都在述說別人不想知道的自家事，很好地掩蓋了其他人的對話。

最舒服的是，你也可以把自家的煩惱，用不大不小的聲浪述說出來。我總認為大喊大叫能喚醒生命的力量。

在這裡根本不怕引起甚麼騷動——無人會理會你。

——會理你的都只是對你有意思，不是對你的話有意思。

為甚麼你總不願意用最簡單的方法哄一哄她就算呢？你明知道她可能只要普通地哄一哄就滿足了。

因為我不是正常人，我隨時隨地都可能病死。

周圍吆喝叫醉的聲浪此起彼落。我們只能把話也大聲講出來。

反正你隨時會死，那不就可以更虛情假意享受一番？他不解地叫出來。

不不，你沒聽過人之將死，其言也善嗎？就是因為過著有一天沒一天的生活，我才不想自己的生命被無謂的罪孽玷污。

他聽完之後，沉默了良久。

我們默默地喝了幾杯酒。

額外一說，這家店的鹽燒鯖魚很好。那層炭烤脆皮就不多說了，只是基本。值得講的是那身熟成過的魚肉，油脂甘滑，而魚身緊實不散。絕非那種少年時代廉價的塊裝批發貨色再加上大筆照燒汁可比。

我每次都以一期一會的方式對待這條烤魚，畢竟這家落魄的店，就如墜入無光隧道的我——不知道是我先死掉，還是它先倒閉？

朋友一直無話，不過這麼久了，大概已經不那麼難受吧？我一下子把話題講得這麼沉重是不是不太好？

來，不用這麼為我痛心，喝一杯吧。我舉起酒杯輕聲向他說。

不。我是不知道應該怎麼回話。啊……怎麼說呢，我們不是每天每天，甚至每時每刻，都邁向死亡嗎？包括在這裡無無謂謂消耗生命的人。既然大家都在往死裡去，為甚麼你就不能學著這裡的無謂人一樣，輕鬆一點揮霍生命？

——叫喊壓著喧囂傳達給我。

說完，他深情地連拍我的肩膀。

我的四周好像沉寂了。

我望著他的眼睛，那是由衷的眼神，我在那聲大喊之中感受到了生命的色彩。

# 旅人

天色從漆黑轉深藍，連風也像快蘇醒一樣，已悄然欲吹，使周圍竟比深夜時還要冰冷。離開被窩的我只在本身的衣服上多披一件黑色斗篷，那是我提前準備的，儘管早已預料氣溫比天亮後的低，卻想不到峽谷的凌晨時分出乎意料地寒冷，使我不禁打了哆嗦。但我實在不能在幾乎伸手不見五指的情況下打開木衣櫃，看看還有甚麼可以穿上身的、保暖的衣物，畢竟，我是瞞著家人，趁他們都熟睡時決定往山頂冒險——看日出。

怎麼平白到峽谷之巔看日出呢？我沒有看過峽谷的日出，但我特別想看嗎？卻又不是，我想沒有特別的原因，或許是家人總說山上陡峭，滿佈碎石，夜深時一個人去本身就危險了，何況我是個小孩——這是忠言逆耳吧？事實上，通往山頂的路我（和家人）已（在日間）走過好幾次，而且我已經不是小孩（今年十二歲！）了。於是愈被禁止，一種衝破禁令的衝動油然而生。我計劃了一段日子，這幾天好像不會下雨，選定今天出發。

我朝著山頂進發。我躡手躡腳地推開木門，悄悄地將它關上，免得驚動了家人，但呼嘯的風與幾隻烏鴉已經醒來。太陽還未出來，天空仍然一片瑠璃紺，點著零星的雲。沿著擠擁的紅石牆往上行便是通往山頂的路。牆凹陷的部分還擁抱著黑暗，唯獨凸出處開始受微弱的光的洗禮，冒出特立的赤錆色。但這種紅驅除寒冷，我只覺得每拐一個彎，愈往上走，氣溫是可感地變冷。我沒有帶燈，也把黑色斗篷的頭套戴上，使在夜裡的我更似沒入在永恆的黑暗之中，像個無名旅人一樣孤身前進。

不知走了多久，前方的山頂進入我的視野。銀白相間的雲不知何時湧出，在天上洶湧的海翻動，更遠方的山峽頂泛出魚肚白，往上卻是層層由淺至深的藍，恍如倒轉的大海。風在山頂上吹得更猛，黑夜刺骨的冰冷早已消失，呼嘯的風在四周刮著，竄進因汗水而輕微濕潤的皮膚，使我一時感到爽快。

太陽將要從太地冒出。正當我繼續往上走，後面傳來狗吠聲。我心想：「原來牠在找我！那麼家人一定知道我偷走出來了。」那頭年幼的黃金獵犬向我奔來。牠淺黃色的毛在疾風下醒目地飄揚，與我象徵死亡的黑色斗篷形成對比。但死亡的黑色終將宣告敗退，在我登上山頂的同時，極目處的山峽有一點神聖的光芒。

在赤地峽谷冒出的那點日光，瞬間就穿過雲層。晨光一發不可收拾，像焰之鳥衝破天際，風就像牠翻開雙翼時刮起的。藍色的天與赤色的峽谷碰撞出的金黃世界成為牠身體的一部分。沒有看過日出的我忽然忘記我是我。我眺望著遠方，心裡有一個念頭——那是太陽。

「啊哈，少年，太早了，想不到你那麼早……」懸崖旁邊一個穿著奇裝的老人說。遠方的金光閃耀的陽光照射下，老人的身軀顯得黑暗、老朽和細小，卻無法掩蓋他與這空間毫不配搭的紫色長帽、陳舊的綠色長袍，還有上面大大小小的補丁。我打量著他，心想著我已經夠早了，竟然還有人比我早，來看峽谷的日出？

「你也來看日出嗎？」我問，但我馬上後悔了，因為他臉上有幾道被皺紋掩蓋著的傷痕——他是盲的。

「那是被箭射傷造成的。真倒楣，當時的箭像颱風天的雨一樣吹過來，命是保得住，但從此就是黑夜了。」那明明是悲慘往事，但老人卻以一種說故事的輕快語調訴說著。「後來我就離開戰場了，但我練得一手好琴。少年，你要聽嗎？」老人身後竟藏了一臺豎琴，他坐在後面，好像準備要為我演奏一曲似的。

「這是甚麼啊？」我想，心裡仍有無數疑問，例如他是誰？他這副身軀怎麼把這臺樂器抬上來的？但見他一副準備就緒的模樣，我的視線也落在他的樂器上。

那木造的豎琴像一把弓，在一天初生的陽光照耀下像燃燒中的黃金一樣，纖細銀白如玻璃的弦線不知要彈奏出甚麼音樂。

「準備好嗎？」他又以愉快的聲線問我。在我還未回答時，他已經移過身體和樂器，將那把弓和弦正面對著我。不知為何我動彈不得，只吞了口水，半好奇半期待著他將要射出的是音符還是弓箭。

這個盲目的吟遊老詩人奏起激昂的音樂，明明四野無人，卻像有無數人和馬在衝鋒陷陣。旋律乘著風在搖蕩，纏著陽光在山頂四散。「好熱！」我只想著。那音樂像要催促太陽往上攀爬，時間像以激流的速度流逝。「難道一瞬間就變成白晝嗎？」我知道不可能，我現在的意識與剛才不過十數秒，不，數秒而已！老人還繼續演奏下去，它如戰歌的音樂奔往峽谷下形成迴響，天與地在震動，我看到山崩與地裂。

「停啊停啊！不要再彈了！」但老人沒有理會我，他又引弦，拉弓。峽谷間彎曲如弓的河流也在湧。我猛然發現，老人那樂器的形狀就是那河流——他在撥動的不是甚麼樂器，而是大自然！

「啊哈，少年，可不能太早就完！你就用我的弓箭，看看這世界吧！」老人大笑著。「怎麼用啊？」——我還未來得及開口問他，他就把緊緊扣在弦上的手指鬆開，一支箭向我瞄準衝來。我的反應敏捷，大概能將它避開吧？但我沒有，因為我總感覺，即使把那箭向相反方向發射，還是會把我擊中。

當我被耀眼的金色光芒包圍時，只覺得身體同時向峽谷底衝去，可能還不到十秒就要跌死吧？那股衝擊的感覺仍充滿全身，但過了良久，還未到底，我乾脆鼓起勇氣睜開雙眼，但張開眼後，已是透著深邃藍色的黑夜。

天空閃著數之不盡的星宿，銀河隱約在中間劃過，周圍像深海藍的寶石，透著紫色的礦物雜質。有無數一瞬即逝的流星掠過，形成一幅斜向的瀑布。

我躺在甚麼東西上，但我感到身體是移動的。我小心地翻過身來，視線從遙遠的地下極目遠望，四極都是烏草的原野，遠方披滿雪的黑色的山，不知何故，我覺得那是座睡火山。在草原的某處有營火，幾個拖著馬的浪人在休息。烘著嗞嗞起火的柴，我才留意到自己一呼一吸都帶著玻璃般晶瑩的白霧。我感覺正在往那火山，甚至是極遠目的銀河飛去。眼底下突然出現一個湖，像銀河的水滴落在大地的某處，那如冰面又如鏡的湖相當平靜，忽然旁邊的樹落下一點水，滴一聲，驚醒了飛鳥。那飛鳥振翅高飛，飛在我的身邊，然後往雪山飛去。

四處回歸平靜。

我離開那載著我的東西，走入黑夜下的森林。在我步往森林時，璀璨的星空已經消失，出現了墨一般的烏雲，唯獨露出一片月光。柔和的光溢滿在黑夜下森林的一隅，也撫摸那一池酣睡的湖。一隻鹿踏在湖邊，以嘴巴觸碰一個女孩的掌心。女孩彎下身時，那鹿踏著水走到湖中心。

當鹿的雙眼碰到月光就消失了。牠跑走了還是沉下去了？只見女孩對著月亮祈禱，有一束光灑在她的頭巾上，她只十指緊扣，低頭不語。沒有風，水沒有動。她跪在草地上。我走近她，發現她正微笑著，卻動也不動。我再往前走，發現她已經化為石像。在月光的映照下，她的樣子映在清澈的湖上。

當我伸手要觸摸這石像時，一塊雪花飄落在我的手背。

天下起雪來。是天空下的雪，還是雪山飄來的雪呢？我帶著這個疑問往山上走，四周早已冰天雪地。雪山山峽相連的路，有隻狐狸走過。

夜已遠去，早晨還未來。藍色的風呼嘯地吹，風帶來了早晨的薄霧，很快又吹散了它。地上舖滿積雪，踏上去卻知道底下是石砌的山徑。山徑蜿蜒地延伸，直到天際。

前方突然有個受傷的男孩躺著，他的身體被冰封著，身上那明顯的、滿滿的傷痕也冷得完封不動的保留著，那紫紅色的部分是血。那紫紅色像枯萎的彼岸花，且長在入雲的山頂上，消極地、寂靜地訴說著曾經的鮮艷與溫熱。

我再往前走，見到一個墓碑。墓碑上刻著我的名字。旁邊還有一個更小的墓。

我嚇了一跳，萬萬想不到我已經死了。但我的家人呢？我突然想到，我是到山頂來看日出的。

我在哪裡？我望望周圍，這裡是我熟悉峽谷。我內心突然凍結了。就在此時，後面傳來狗吠聲，那是一隻成年的黃金獵犬，牠撲上來，把我撲倒，舐我的臉。

我躺在地上，看那更小的墓碑。那是我的黃金獵犬的名字。

我無法止住我的震驚。在這一瞬，我突然把所有事情都想起：凌晨我偷偷地走出了我的家，攀到峽谷頂看日出。不知在哪裡我絆倒，失去知覺。

啊。我想起了。

我的心底忽然湧出一股力量，那是著我繼續前行的力量。

# 美腿

文思枯竭的我，好長一段時間曾以為是過於快樂之過。

為了回復筆力，不致得有江郎才盡之嘆，我以為從此要與開心快樂無緣，我認真考慮過離婚，我更一度以為自己需要的是一場休息。

今天下班後，我實在受不了，我堅定的跟太太說，我們要去酒店，一間高級的酒店。

「明天怎麼辦？」

「請假就好。」

直到我在酒店躺在一雙柔潤、豐滿、雪白、修長的大腿時，我才醒悟到我缺乏的是片刻的安寧空間。

人世的痛苦不在孤獨，因為沒有真正的純粹生而孤獨的人。環境決定人的生命形態，如果身邊都是索然無味的人與事，而不幸地自己擁有高貴的靈魂，人才會孤獨。

而我的孤獨是仍需要工作。

庸俗的場所並不可怕，可怕的是那裡有大量庸俗的人，他們會制定多餘而無謂的規則，企圖把高貴的人也庸俗化。

其實這雙大腿我在家已摸過無數遍，可以說我應當對它的肌肉紋理、筋脈分佈、毛孔粗幼都早應瞭如指掌。偏偏在酒店房內的它卻變得不一樣。

我們在酒店房內赤裸一整晚，相擁，相吻，相合。而每一次的最後，我都會再次躺在這雙可人的大腿，嗅吸它誘人的香氣，斯磨它軟嫩的肌膚。

在這條柔滑的河流溯游時，我想好了兩個故事。

原來在一個獨立的空間裡，任何事物的質感也會改變。

很多人也有經驗吧？在陌生的國度特別大膽，懦弱的變得肆意行事，保守的變得性感火辣。我曾以為這是「陌生」的效果，現在我明白到這是心靈得到獨立而高貴的空間，才能在這庸俗的人世偶爾踏入到的境界。這是莊子講的活得無所待之人，是生命最放鬆自在的狀態。

我趕緊抱緊這雙大腿，因為我知道它還有七小時二十六分便會變回那雙大腿。

# 幸福

——其實，感受到痛苦的人才能感受到幸福吧？

低頭的我立即止住了哭泣。比起他的安慰、比起他似是而非的哲理，令我停止哭泣的是竟然被他發現我哭了——明明沒哭出聲。

我坐在河堤上，看著夕陽下流動卻平靜的河流，半盛半枯的草使我分辨不到現在是初秋還是初春。他何時坐在我的身邊呢？就在我把淚哭得要乾之時，是剛開始哭時，抑或其實他一直都在？

甚麼意思？

我問。

他眺望著遠方的天空，沒有回答，也沒有望我一眼。

甚麼意思啊？我不懂啊，回答我啊。

他沒有理睬我，繼續望著天空。

天空有甚麼啊？我望著他望著的天空，天空漆黑一片，閃著無數星宿，這是我人生第一次看到美麗的星空。

有甚麼啊？正當我想回頭問他時，他已經消失了。

當我起床時，無法止住哭泣。書桌上依舊擺放著我們在星空下的合照——最後的合照，旁邊則還有一幅他的獨照——也是最後的。

# 兩個世界

「我跟你，是兩個世界的人。」

「不，我們是同一個世界的！」——我本想這樣激烈地反駁。難道還要自取其辱嗎？為了保存那最後的，像絲一般薄弱的尊嚴，我選擇沉默。

「嗯，我懂了，多謝你。這段日子我很開心，但很抱歉，你終究不懂，我也沒法讓你明白：我們是同一個世界的人。」我忍住自己的激動，但還是忍不住要對他說甚麼。說完之後，我還恨自己的幼稚，想著這裡那裡應該這麼說那麼說，或許更得體一點。——我不知道他當下的感想，因為說完不久，我就真的把一切結束，去了第二個世界，我與他，真的成了兩個世界的人。

後來，聽說他得了很嚴重的情緒病，受了許多折磨，使我對他產生更多的愛，而不是幸災樂禍。我希望他活得更好，但一日，他終於承受不住痛苦，來了第二個世界找我。當我們在第二個世界對視，看到對方的眼淚和笑容時，大概我們都想著自己的愚蠢吧。

「我們是同一個世界的人了，你可以和我一起嗎？」他在這昏暗、荒蕪，像月球表面的地方一樣對我說。啊，這裡再沒有任何人，沒有甚麼第二個世界，也沒有第一個世界，世界只有我們兩人。

我對他說「好」，然後相擁起來。那時候，周圍亮起像宇宙般的藍色與綠色光。我們終於可以在一起了，但我不禁要抱怨一下：那些明明活在同一個世界的人，卻說自己是不同世界的人——他們應該好好想想，像我這個活在第二個世界的人的感受。

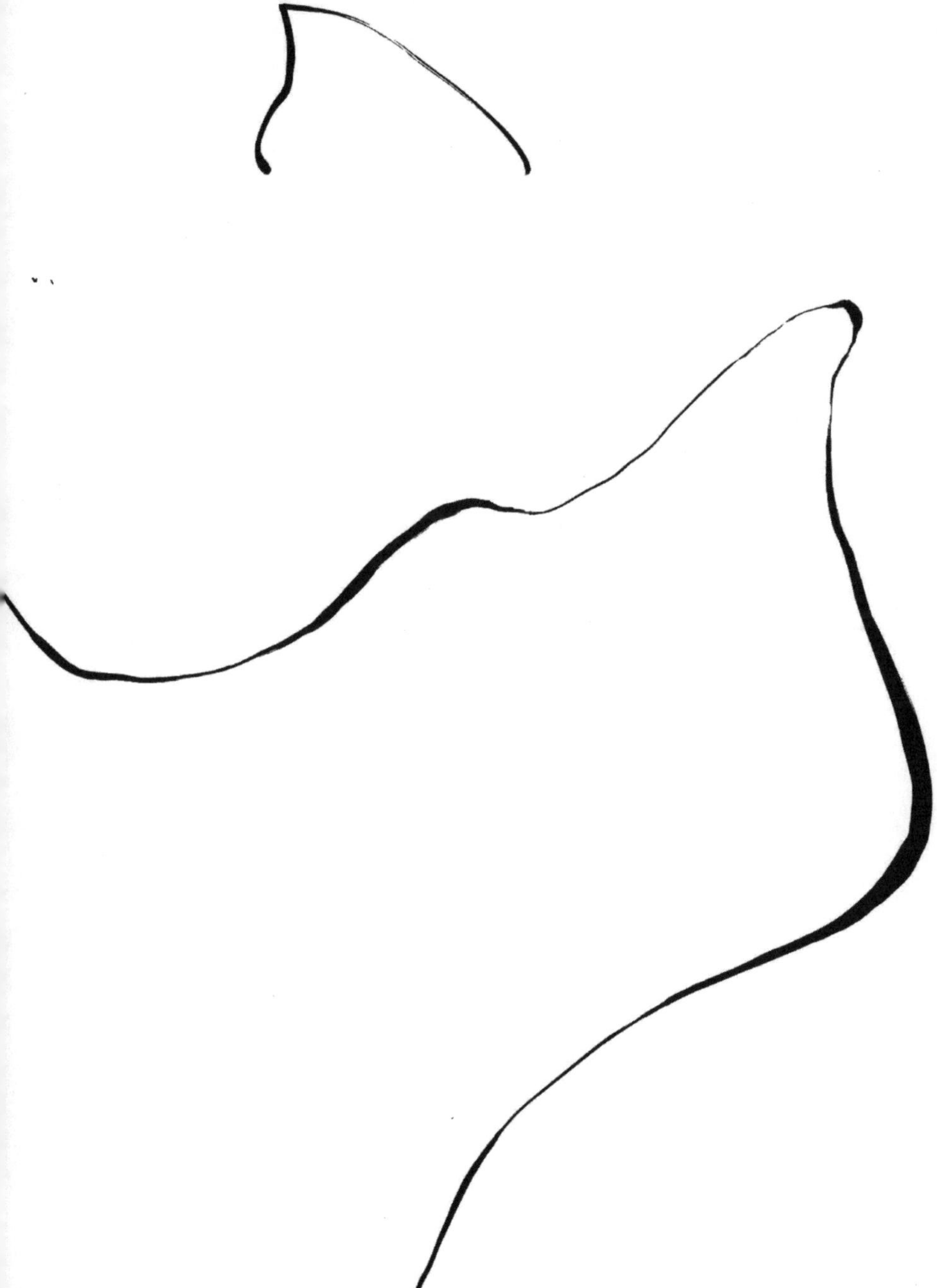

本創文學 66

# 鬱的告白

作　　者：陰翳茶室
責任編輯：黎漢傑　梁穎琳
內文校對：阮曉瀅　黃穎晞
封面設計：Zac Chan
內文排版：多　馬
法律顧問：陳煦堂 律師

出　　版：初文出版社有限公司
　　　　　電郵：manuscriptpublish@gmail.com

印　　刷：陽光印刷製本廠

發　　行：香港聯合書刊物流有限公司
　　　　　香港新界荃灣德士古道 220-248 號
　　　　　荃灣工業中心 16 樓
　　　　　電話 (852) 2150-2100　傳真 (852) 2407-3062

臺灣總經銷：貿騰發賣股份有限公司
　　　　　　電話：886-2-82275988　傳真：886-2-82275989
　　　　　　網址：www.namode.com

新加坡總經銷：新文潮出版社私人有限公司
　　　　　　　地址：71 Geylang Lorong 23, WPS618 (Level 6),
　　　　　　　　　　Singapore 388386
　　　　　　　電話：(+65) 8896 1946　電郵：contact@trendlitstore.com

版　　次：2022 年 10 月初版
國際書號：978-988-76544-4-5
定　　價：港幣 88 元　新臺幣 270 元

Published and printed in Hong Kong

香港印刷及出版